KB269777

탐욕으로 지식을 키워라

자신에게 탐욕스런 시대

탐욕으로

큰나무

여자들이여, 이제 자신의
인생에서 주역이 되자

여자 나이 서른다섯은 인생 최대의 분기점

여자 나이 서른다섯은 인생 최대의 분기점. 이 나이를 어떻게 보내느냐에 따라 남은 인생이 점점 풍성해질 수도, 갈수록 초라해질 수도 있다. 그런데 왜 하필 서른다섯이라는 나이가 인생 최대의 분기점이 되는 것일까.

지금은 평균 자녀수가 1.5명인 시대로서 막내 아이를 낳는 평균 연령이 28.7세다, 이를 반올림하면 29세. 여기에 육아 기간에 속하는 아이의 나이 6세를 더하면 정확히 서른다섯이라는 숫자가 나온다. 따라서 서른다섯은 여자가 육아에서 해방되어 가볍게 인생을 재출발할 수 있는 눈부신 나이인 것이다.

그런데도 이 때를 온통 회색빛으로 도배질하고 있는 후배 여성들이 얼마나 많은가. 아이 기르는 뿌듯함에 빠져 지냈던 날들을 그리워하며 우울증에 걸리거나 알콜 중독에 빠지기도 하고, 때로는 이혼 환상에 휩싸이기도 한다. 이런 여성들을 만날 때마다, 어깨를 부여잡고 마구 흔들어 주고 싶어진다.

"왜 그걸 모르죠. 인생 50년 시절의 선배 여성들을 생각해 보세요. 타고난 재주와 능력이 있으면서도 오로지 어머니의 역할만을 강요하는 사회적 규제 속에 갇혀, 그런 재주와 능력이 있다는 것도 모르고 평생을 살아오지 않았습니까. 하지만 인생 80년 시대의 주역인 여러분들은 아이가 자립한 뒤의 인생이 훨씬 더 깁니다. 그것은 자신의 타고난 재능과 능력을 발휘하며 살아갈 날이 한없이 길어졌다는 뜻이죠. 여러분들은 이렇게 멋진 시대에 태어났다구요. 그런데 이런 근사한 하늘의 선물을, 설마 시궁창에 던져버릴 생각은 아니겠죠."

인생의 주역은 바로 당신

분명히 20대에서 30대 중반에 걸쳐서는 아내나 어머니라는 새로운 역할을 떠맡고, 인생의 드라마를 실컷 맛보며 살아왔다. 그러나 이것은 자동적으로 만들어진 드라마이다. 그 인생의 주역은 남편과 아이, 여자는 언제나 들러리만 맡아왔다. 그 때문일까, 우리 주위에는 아이나 남편 없이 존재하지 못하는 여자들이 상당하다.

인생은 단 한 번뿐이다. 그리고 인생의 주인공은 바로 당신 자신이다. 자신의 인생에서 주역이 되어야 비로소 참 인생을 살았다고 할 수 있다.

육아에서 해방되었다는 것은, 인생의 주역이 될 수 있는 자격을 얻었다는 것이다. 누구누구의 엄마가 아니라 자신의 이름을 가진 개인으로서 스스로의 인생을 가꾸며 살아갈 자격을 얻었다는 것이다. 여자 나이 서른다섯을 눈부신 나이라 부르지 않는다면, 달리 뭐라 부를 수 있을까.

인생을 풍성하게 펼쳐 나가고 싶다, 나이 먹을수록 성숙하고 충만한 삶을 살고 싶다……. 진심으로 그런 마음이 든다면 이 책을 차분히 읽어보기 바란다. 4, 50대를 정력적으로 풍성하게 살아가고 있는 선배 여성들은 서른다섯이라는 나이를 자아 찾기 여행의 출발선으로 멋지게 자리 매김하고 있다.

시행 착오는 자아 찾기 세대의 특권이라는 듯, 배우고 일하고 사랑하며, 자기 자신을 사회라는 풍파에 그대로 드러내고 열심히 살아온 끝에, 충만한 40대, 50대를 맞고 있는 것이다.

나 역시 서른다섯일 때가 있었다. 가진 것 없고, 자신감도 없었으며, 남편 이외의 사람을 사랑하기도 했다. 그렇게 젊은 혈기를 마음껏 발산하며 자아 찾기 여행에 적극 나섰던 시절이 내게도 분명 있었다.

그런 과정을 거쳤기에 그야말로 60대를 목전에 둔 지금, 나이 먹는 기쁨으로 충만해 있다고 할 수 있다.

과정 없이 좋은 결과는 얻을 수 없다. 그 과정의 첫걸음이 바로 여자 나이 서른다섯. 자, 이제 용기를 내어 첫발을 내디뎌 보자. 그 앞으로는 눈부신 미래가 펼쳐질 것이다.

목 차

자신의 의지로 인생을 선택하기 위해

-인생 80년 시대의 라이프 스타일 선택에 당황하는 여자들
- '어떻게 해서든'을 '어떻게 하겠다'로 바꾼다
-자신을 깎아내리는 여자들의 속성
-책임을 짐으로써 자신을 단련시키고, 성숙해진다
-여성에게 자극이 부족한 가정이라는 이름의 안전지대

인생 80년 시대의 라이프 스타일 선택에 당황하는 여자들

아이를 키운 뒤의 인생을 어떻게 살 것인가

"이대로 어물쩍 나이를 먹어선 안 된다는 거야 알고 있지만 대체 무엇을 어떻게 해야 좋을지 구체적인 방법을 찾을 수가 없습니다."

우리 집에는 전화나 편지, 때로는 직접 찾아오는 식으로 다양한 여성들의 상담이 들어온다. 이 인생 상담은 놀랄 만큼 시대의 변화를 극명히 드러내고 있다.

상담자의 나이는 20대에서 80대까지 그야말로 다양하다. 그중에서도 최근 4, 5년간 눈에 띄게 증가하고 있는 것이 30대 중반의 여자들이다. 자신의 인생을 다시 찾으려는 여자들의 '내 인생 찾기'라고나 할까.

얼마 전 나를 찾아온 다나베 미이코 씨도 그 중 한 사람이다. 어제로 서른다섯이 되었다는 그녀의 말에 '정말이요? 농담 아니죠?'라는 말이 튀어나올 정도로 나는 깜짝 놀랐다. 짧은 커트 머리가 잘 어울리는 화장기 없는 그녀의 얼굴은 아무리 많이 봐도 서른 정도로밖에 보이지 않았기 때문이다.

대체로 우리 집을 방문하는 상담자의 외양은 해마다 젊어지고 있다. 옛날에는 몸매나 말투, 복장 등으로 그 여성의 개인적 배경을 한눈에 알 수 있었다. 그렇지만 지금은 그러한 경계선이 완전히 무너져 버리고 있다. 싱글인가 싶으면 두 아이의 엄마거나 결혼 10년의 베테랑 주부이고, 때로는 이혼한 지 5년이 지났는 등 이제는 겉모습만 가지고는 전혀 짐작할 수 없게 되어 버렸다.

옛날처럼 개인적 배경이 명확히 드러나 있던 시대에는 그 여성이 어떤 배경 속에 살고 있느냐에 따라 세상으로부터 받는 취급에도 우열이 구분되어 있었다. 하지만 외관상의 경계선이 무너져 버린 현대는 그만큼 자신이 원하는 라이프 스타일을 선택할 자유의 폭이 넓어진 것이다.

그렇지만 아직까지도 외관상의 영역에만 머문 채, 자유롭게 자신의 인생을 선택하는 데까지 도달하지 못한 여자들이 많다.

다나베 미이코 씨도 그 전형적인 경우였다. 그녀는 전문 대학을 졸업한 뒤, 2년간 어느 상사(商社)에 근무하다 직장에서 만난 남자와 결혼해 그대로 가정에 들어앉았다. 1년 뒤 아들을 낳고, 두 살 터울로 딸을 낳았다. 육아 기간은 정신없이 지나가 버렸고, 아이들은 어느새 중학생과 초등학교 고학년이 되어 있었다.

낮에는 거의 혼자 보내는 날이 많다. 그러다보니 자연히 자신의 앞날에 대해 이런저런 생각을 하게 된다.

지금은 인생 80년 시대. 앞으로의 인생이 지금까지 살아온 세월보다 훨씬 길다고 한다면 아이가 어렸을 때처럼 그저 애들에게 맞춰 생활해 가는 것은 불가능하다. 다행인지 불행인지 그 사실을 다나베 씨의 친정 엄마가 그대로 보여주고 있었다.

어머니와 같은 전철은 밟고 싶지 않다

그녀의 어머니는 스물한 살에 결혼해 스물다섯 살에 다나베 씨를 낳았다. 1남 1녀의 어머니로 그저 아이 키우는 것을 보람으로 살아온 그녀는 이제 꼭 예순이 되었다. 그야말로 나와 동세대인 그녀는 현재, 아들 부부와 함께 살고 있다.

그 엄마로부터 사흘이 멀다고 전화가 걸려온다. 대체로 올케가 밖에 나간 사이 걸려오는 것인데, 그 때를 노린 만큼 통화 내용은 처음부터 끝까지 올케 험담으로 일관하고 있다.

일찍이 따뜻하고 정 많던 어머니가 그저 올케를 헐뜯는 말만 듣고 있기란 무척이나 괴로운 일이었다. 한 마디로 말해서 지금까지 삶의 보람으로 여겨온 아들을 생판 남에게 빼앗겼다는 원망에 지나지 않는다는 것을 알고 있는 만큼 다나베 씨의 괴로움은 한층 더했다. 아이 키우느라 정신없던 시절에는 자신이 몰랐던 어머니의 추한 면을 보게 되는 것이 고통이긴 했어도 왠지 자신과는 무관한 일처럼 느껴지는 마음이 강했다.

하지만 아이에게 들이는 시간이 적어지고 혼자 지내는 시간이 많아질수록 어쩐지 자신의 미래를 보는 듯한 마음에 엄마에게 전화가 걸려오면 초조해지기 시작했다.

'나도 엄마처럼 아이가 둘이다. 이대로 아이만 바라보고 살아간다면 나도 엄마처럼 되는 건 아닐까……. 엄마의 경우, 옛날 사람인 만큼 인생 50년의 생활 방식에 젖어 살아왔다고 해도 이상할 것은 없다. 그러나 나는 좋든 싫든 인생 80년 시대의 한가운데에 놓여 있다. 엄마처럼 인생 80년을 얼렁뚱땅 살아가기는 싫다. 온전한 80년의 인생을 책임지고, 나이가 더해갈수록 충실하고 풍요롭게 살아가고 싶다.'

그렇게 사는 것이야말로 인생 80년 시대의 정도(正道)라는 것을 그녀는 어머니의 삶을 통해 이해하게 되었다. 그리고 이해는 점차 절망으로 옮아가 마침내 초조감으로 변해갔다.

산다는 것은 매우 구체적인 행위이다. 머리로 아무리 '이대로 무책임하게 살다가는 어머니의 전철을 밟게 될 테니, 어떻게 해서든 이 상태를 깨나가야 한다.'고 생각해도 바로 이 '어떻게 해서든'을 '어떻게 하겠다'로 바꾸기 위한 구체적인 방법을 찾아내지 않고서는 어물거리는 지금의 생활에서 벗어나기란 불가능하다. '어떻게 해서든'을 반복하는 동안, 어느새 1년이라는 세월이 흘러가 버렸다. 잘못하다간 '어떻게 해서든'만 주문처럼 외다가 허송 세월하기 십상이다. 이렇듯 초조감이 극에 달하자 결국 돌파구를 찾아 우리 집을 찾아왔던 것이다.

"이대로 어물쩍 나이를 먹어선 안 된다는 거야 알고 있지만, 그래도 대체 뭘 어떻게 해야 좋을지 구체적인 방법을 모르겠습니다."

내 얼굴을 뚫어져라 바라보며 다나베 씨도 다른 사람들과 똑같은 말을 던져왔다. 표정을 보면 그 물음이 얼마나 간절한지 알 수 있다. 그러나 묻기만 하면 마치 자판기에서 원하는 물건이 툭

떨어지듯 답을 얻을 수 있을 거라고 믿는 그 안이한 태도에 나는
또 당황하지 않을 수 없었다.

'어떻게 해서든'을 '어떻게 하겠다'로 바꾼다

즉각적인 실행과 행동을 할 수 없는 이유

아직 미국이나 유럽의 여러 선진국가들만큼은 아니지만 내가
30대였던 시절보다는 분명 나만의 라이프 스타일을 가질 수 있
는 구체적인 방법들이 훨씬 더 다양해졌다.

배우려고만 하면 문화 센터가 있고, 각 지역 단체에서 열고 있
는 여러 가지 강좌도 있다. 굳은 의지로 대학에서 배우고자 하는
여성에게는 방송 대학이 있다. 사회인 입학이라는 형태로 문호
를 개방하고 있는 대학도 있다. 주부들의 취업문도 크게 열리기
시작하고 있으며, 자원봉사 활동도 해마다 활발해지고 있다. 전
문 기술을 익힐 곳도 결코 적지는 않다.

거기다 신문 잡지의 광고란이나, 각 지역 단체의 홍보지를 보
고 항목별로 열심히 일람표를 만들어 두면 그야말로 선택의 폭
은 다양하다는 생각이 든다.

그런 여러 가지 방법 중에 자신에게 가장 잘 맞는 길을 선택할
수 있는 시대를 만난 후배 여성들에게 나는 부러움을 느낀다.

그럼에도 불구하고 구체적인 방법을 찾을 수 없으니 어떻게 좀 해달라고 찾아오는 여자들의 발길이 끊이질 않는다. 이건 대체 어떻게 된 일인가. 그러나 무엇보다 답답한 것은, 자신이 지금 무엇을 해야 하는 지에 대한 답을 구하러 찾아온 척하다가도 막상 그 답이 될만한 방법을 내놓으면 이번에는 그렇게 할 수 없는 사정을 끝없이 늘어놓는 여자들이다.

"머리를 싸매고 고민만 한다고 해결되진 않아요. '어떻게 해서든'을 '어떻게 하겠다'로 바꾼다는 건 생각에서 행동으로 옮겨야 비로소 실현할 수 있는 거지요. 무엇이 내게 맞는지는 여러 가지를 해보지 않고선 알 수가 없습니다. 우선 먼저 배우는 것부터 시작해 보는 게 어떻겠어요. 배울 곳은 얼마든지 있습니다. 문화 센터도 좋고, 지역 단체에서 하는 강좌도 좋아요. 여하튼 내일부터 시작해 보세요. 무슨 일이고 자꾸 미루다 보면 1년은 그냥 지나가 버립니다. 공부를 하든 일을 하든 자원 봉사를 하든 뭔가를 한다는 건 습관이 된다는 말이니까 하루라도 빨리 습관을 들이는 게 중요하지 않겠어요. 반대로 어름어름 시간만 낭비하다 보면 결국에는 그것이 습관이 돼서 자기도 모르게 어머니와 똑같은 전철을 밟게 되지요."

이러지도 저러지도 못하니 어떻게 좀 해달라는 식이었던 다나베 씨는 내가 즉각적인 실행과 행동을 재촉하자 '큰애는 중학교에 다니고, 작은애는 아직 초등학생이라 역시 엄마가 집에 있어야…….'라고 말끝을 흐리며 뒷걸음질을 쳤다.

왜, 한 발짝 내딛을 용기가 없는가

"사실 당신은 현재의 생활을 바꾸고 싶지가 않은 거군요. 이러니저러니 말은 해보지만 지금 그대로가 편한 거 아닌가요. 그러니 남편이나 아이를 내세워 할 수 없다는 구실을 만들고 있는 거죠. 정말로 절박한 상태라면 그런 핑계를 댈 수 있겠어요."

다나베 씨는 모질게 몰아붙이는 내 말에 아무런 대꾸도 못하고 어깨를 늘어뜨린 채 돌아갔다. 그 쓸쓸한 뒷모습을 바라보며 문 밖에 서서 배웅하고 있던 나는 마음이 불편했다.

그녀가 가슴에 품고 온 자신의 삶을 바꾸고 싶다, 아니 바꾸지 않으면 안 된다는 의욕과, 그 의욕을 어떤 형태로 이뤄낼 수 없는 초조감도 전혀 거짓은 아니었을 것이다. 하지만 그것을 실제로 실현시키기 위해 한 발짝 앞으로 내딛을 용기가 없었던 것은 지금까지 오랫동안 자신의 의지를 무시하고 살아왔기 때문이 아닐까.

다나베 씨가 전문대에 진학한 것은 부모의 권유였다.

'앞으로는 여자도 전문대 정도는 나와야 좋은 데 시집갈 수 있다.'는 부모의 뜻에 따랐던 것이다.

여자의 행복은 곧 결혼이라는 부모의 말에 아무런 의문도 없이 그대로 따라온 다나베 씨는 임시라는 생각으로 취직을 해 그곳에서 만난 남자와 결혼했다. 겉으로야 연애 결혼이었지만 그것은 그저 결혼 절차상의 관계였다는 것은 그녀가 남편에 대해

하는 말에서 그대로 엿볼 수 있었다.

두 자녀는 소위 말하는 정말 나무랄 데 없는 아이들이었다. 학교 선생님이나 반 친구 엄마들로부터 칭찬이 자자해 한껏 으쓱한 기분을 맛보기도 했다. 별 재미없는 사람이긴 해도 남편 역시 동기들 중에는 가장 출세한 사람이어서 어쩌다 놀러오는 동료나 남편의 부하 직원들에게 내조의 공이 크다는 평가를 심심찮게 듣고 있었다.

"넌 행복한 거야. 남편 착하지, 아이들 말 잘 듣지."

어느 정도는 며느리를 빗대어 하는 말이었을 것이다. 전화를 할 때마다 어머니는 최고의 평가를 귓전에 속삭였다. 하지만 이 모든 것은 남편이나 아이를 통한 평가일 뿐이지, 다나베 씨 자신에 대한 평가는 아니었다.

인간은 누구나 좋은 평가를 받고 싶어한다. 더욱이 그것이 아이나 남편을 통한 것이라면 그들이 속한 주위 사람들에게 자신이 좋은 아내로 보이는지, 좋은 어머니로 비춰지고 있는지 끊임없이 그들의 눈을 의식할 수밖에 없다.

이렇게 하고 싶고 저렇게 하고 싶다고 생각한 적이 있었을지도 모른다. 그렇지만 지금까지 얻어온 남편이나 아이를 통한 평가를 잃어서는 안 된다고 자중하고 있는 동안, '나는 무엇을 하고 싶은가' 라고 묻는 습관을 잃어버렸던 것은 아닐까.

자신을 깎아내리는 여자들의 속성

자기 결정 의지의 결여가 스스로를 막다른 길로 몰아넣고 있다

큰아이가 초등학교 2학년 때, 어머니 농구부가 생겼다.

'다나베 씨, 우리 같이 해봐요.' 라는 말에 호기심이 생긴 그녀는 남편에게 전화를 걸었다. 하지만 돌아오는 건 '당신이 아직 앤 줄 알아.' 라는 남편의 차가운 호통뿐이었다. 이렇게 이미 자신의 일조차 남편에게 물어서 결정하는 데 습관이 밴 탓일까. 다나베 씨는 '남편이 반대해서요.' 라며 쉽사리 포기해 버렸다.

아내들 사이에서는 지금도 '남편에게 물어보고.' 라는 말이 버젓이 활개를 치고 있다. 물론 부부는 인생의 파트너인 이상 서로 의논해서 결정하지 않으면 안 될 일이 많이 있다. 자녀 양육이나 진학 문제, 또는 거금을 들여 물건을 살 때라든가 서로의 인생에 큰 영향을 미칠만한 일은 상대의 힘을 빌어 면밀히 검토해 결정해야 한다.

다만, 그런 과정에서 아내가 스스로의 명확한 의지를 갖고 있지 않으면 단순한 추종으로 끝날 뿐이다. 그러다 결국에는 남편에게 의지하지 않으면 일상 생활의 사소한 것까지 결정하지 못하는 타인 의존형 인간이 되어 버린다. 이러한 과정을 거쳐 의존형 인간이 돼버린 아내들이 적지 않다는 사실은 일상 생활의 곳곳에서 확인할 수 있다.

아이들 놀이터를 만들기 위한 서명을 받으러 다니다보면 대여섯 중에 한 명 꼴로 '남편에게 물어보고……' 라고 대답하는 여자들이 있다. 어떻게 아이들을 위한 놀이터가 필요한지조차 스스로 결정하지 못하는지, 그 지나친 자기 부재(不在)에 할 말을 잊곤 한다. 하지만 분명 그 몇 명은 거절 대신 '남편에게 물어보고……' 라는 말을 하고 있다. 이렇게 거절 대신 항상 이 말을 쓰다보면 어느새 습관이 되어 사소한 일에도 남편에게 의지하지 않으면 결정할 수 없게 되어 버리고 만다.

다나베 씨도 이러한 아내들 중 하나가 아니었을까. 농구부에 가입하고 안 하고는 그야말로 자신이 결정해야 할 일이다. 그럼에도 불구하고 '당신이 아직 앤 줄 알아.' 라는 남편의 차가운 말한 마디에 자신이 농구를 하고 싶은지는 생각도 않고 '남편이 반대해서요.' 라고 거절하는 것을 봐도 그녀가 얼마나 오랫동안 자신의 의지를 무시하고 살아왔는지 엿볼 수 있다.

그녀는 어떻게 하겠다는 구체적인 방법을 찾지 못하고 자신이 사방이 꽉 막힌 상태에 놓여 있다고 생각하지만, 사실은 스스로 결정하는 자기 결정 의지의 결여가 그녀를 막다른 길로 몰아넣고 있는 것이다. '하고 싶은가', '하고 싶지 않은가', '나는 어떻게 하고 싶은가' 라는 식의 자문 습관을 갖지 않고 살아온 사람이, 어느 날 갑자기 '뭔가 하고 싶다, 뭔가 해야 한다'는 생각에 쫓겨 그제서야 '뭘 하고 싶은지'를 급히 찾으려고 해봤자 그것은 좀처럼 쉽지 않은 일이다. 그것만이 아니다. 자기 결정 의지가 결여되어 있으면 반드시 심각한 자신 결핍증에 빠져 버린다. 그 때문에 점점 더 자신을 막다른 길로 몰아넣게 돼버리는 것이다.

나를 대신할 사람은 없다

일본의 아내들은 자신 결핍증에 걸려 있는 경우가 많다. 우리 집을 찾아오는 상담자의 이야기를 듣고 있으면 '그냥 주부라서', '저 같은 사람이', '아무 것도 모르는 여자가' 라는 식의 함부로 자신을 비하하는 말이 거미줄처럼 토해져 나온다.

"무슨 말을 그렇게 해요. 자기가 스스로를 깎아 내리면 다른 사람들은 어떻겠어요. 당신은 이 세상에 단 한 사람이에요. 누구 하나 당신을 대신할 사람은 없다구요. 자신에게 자부심을 가지 세요. 스스로를 깎아내리는 사람이 과연 충실한 인생을 만들어 갈 수 있겠어요?"

나는 그 때마다 똑같은 말로 격려하고 있지만, 사실 말은 그렇게 하면서도 내심 낯뜨거워지는 일이 있었다.

내 나이 30대 중반의 어느 날이었다. 나는 당시 작가로 활동하고 있던 세토우치 하루미 씨로부터 전화를 받았다.

"우리 집에서 여성 문제 모임을 가지려고 합니다. 대여섯 명쯤의 인원을 예상하고 있는데 요시타케 씨도 멤버로 참여해 주시겠습니까."

당시 나는 주간지의 톱 기사거리를 주선하면서 자잘한 글을 쓰고 있던 때였고, 세토우치 씨는 이미 인기 작가로 부동의 자리에 올라 있었다. 내게 있어 그분은 별 세계의 사람이었으며, 동경의 대상이기도 했다. 그런 분으로부터 뜻밖의 초대 전화를 받았으니 그 기쁨은 그야말로 하늘을 날아오를 정도였다. 하지만 흥분을 한 나머지 횡설수설하다가 그만 '저 같은 사람도 괜찮겠습니까.'라는 말을 쏟아놓고 말았던 것이다.

그 순간 세토우치 씨의 준엄한 목소리가 귓전을 울렸다.

"요시타케 씨, '저 같은 사람'이라뇨. 난 그렇게 자신을 비하하는 말투를 제일 싫어합니다. 겸양을 미덕으로 알고 자라온 일본 여성의 악습은 제 스스로 자신을 깎아내리는 거죠. 그러니 남자에게 무시당하는 겁니다. 그래도 어쩌겠습니까, 자기가 자기를 깎아내리는데. 여자가 자부심을 갖지 못하는 건 참으로 한심한 일이 아닐 수 없습니다."

태어나서 이 때만큼 부끄러웠던 적은 없었다. 지금까지 일본 여성 특유의 자기 비하를 혐오해 왔으면서도 날아오를 듯한 기쁨에 이성을 잃자, 순간 뼛속깊이 배어 있던 자기 비하 의식이 그대로 드러나고 말았던 것이다. 얼마나 구태의연한 의식에 사로잡혀 있었던가. 세토우치 씨의 준엄한 목소리에 그 사실을 새삼 깨달은 뒤, 내 속에 뿌리 박혀 있는 케케묵은 의식을 벗어 던지기 위해 온힘을 기울이게 되었던 것이다.

책임을 짐으로써 자신을 단련시키고, 성숙해진다

자신의 선택에 대한 모든 책임은 스스로 감당해야 한다.

상담하러 온 사람을 격려할 때마다 20여 년 전의 그 일이 생생히 떠오른다. 그래서 내심 얼굴을 붉히기도 하지만, 동시에 일찍이 나처럼 구태의연한 의식에 사로잡혀 자기 비하로 똘똘 뭉쳐있는 이들에게 동병 상련의 느낌을 가슴 깊이 느끼곤 한다.

전후(戰後), 새로운 헌법과 민법을 비롯한 여러 가지 시스템이 갖춰졌다고 해서 그 즉시 성인들의 의식이 바뀐 것은 아니다.

예로부터 아무리 훌륭한 법률이나 시스템이 만들어진다 해도 인간의 의식은 백년이 뒤진다고 한다. 특히 남녀의 분야는 예로부터 동서고금을 막론하고 남자란 이래야 하고, 여자란 저래야 한다는 말이 여전히 살아있는 만큼 여자아이 키우는 법이나 여자가 살아가는 방식은 선대(先代)의 자취가 그대로 남아 있다 해도 좋을 것이다.

35세의 다나베 씨도 부모로부터 '여자애니까', '여자인 주제에.'라는 말을 끊임없이 듣고 자란 기억이 있다고 한다. 어린 시절 그런식의 말을 계속해서 듣고 자란다면 스스로를 하찮고 별볼일 없는 인간으로 여기는 것은 당연한 일이다. 게다가 때때로 남편에게서 '여자인 주제에', '아내인 주제에', '어머니인 주제에' 라는 말이 날아온다. 이것만으로도 인간으로서 자신을 잃게 되는 것은 분명하다. 더욱이 남편이나 아이를 통해 평가받는 입장에서 살다보면 이처럼 남편이나 아이를 제외한 스스로에게 자신을 갖지 못하게 되는 것이다. 다나베 씨가 아이를 내세워 새로운 인생을 향해 나아가기를 회피했던 것은 스스로에게 자신을 가질 수 없었기 때문이다. 일단, 자기 스스로 선택을 했을 때에는 결과가 어떻든간에 모든 책임은 결정한 본인이 져야 한다.

일의 결과가 어떻게 나올지는 누구도 예측하기 힘들다. 잘 풀릴 수도 있고 실패할 수도 있다. 또한 실패를 통해 더없이 비참한 궁지에 몰릴 수도 있다.

실패와 성공의 확률은 5 대 5

하지만 결과야 어떻든지 간에 그에 대한 책임을 짐으로써 다분히 자신을 단련시킬 수 있다.

또한 일을 시작하기 전보다 인간으로서 성숙해진 자신의 모습을 발견할 수 있음과 동시에 자신에 대한 믿음도 깊어진다. 이것이야말로 자기 결정의 묘미라 할 수 있을 것이다. 그러나 스스로에게 자신이 없는 여자들은 결과에 대해 책임지기를 두려워한 나머지 그저 나쁜 결과만 예측하고, 그 예측에 겁을 내며 계획을 포기해 버린다.

다나베 씨는 '큰아이는 중학교에 다니고, 작은애는 아직 초등학생이라 역시 엄마가 집에 있어야⋯⋯.' 라고 말끝을 흐리며 회피해 버렸지만 틀림없이 그 뒷부분의 말줄임표 속에는 '만약 아이가 나쁜 길로 빠져 버리면 어쩌지.' 라는 식의 중얼거림이 담겨 있었을 것이다. 실패할지도 모른다는 것은 뒤집어 말하면 성공할지도 모른다는 말이다. 실패와 성공의 확률은 5 대 5로 봐야 하지 않는가. 그럼에도 불구하고 성공의 이미지가 완전히 지워져 버린 것은 그야말로 나 같은 사람은 성공할 리 없다고 처음부터 단정해 버리고 있기 때문이다.

분명히 자신 결핍증의 상태에서 남에게 떠밀리다시피 일을 결정해 버리면 실패할 확률은 훨씬 높아진다. 그리고 이런 식의 자기 결정은 역효과를 내 '역시 난 안 되는 여자야.' 라는 자기 부정 의식만 커지고 자기 결정 결핍증은 한층 더 깊어지는 악순환을 초래한다. 그로 인해 무턱대고 상담자의 등을 떠미는 일이 망설여지는 것이다.

여성에게 자극이 부족한
가정이라는 이름의 안전지대

남편과 아이를 빼고 나면 아무 것도 없다

내 친구 중에는 전업 주부도 있고 맞벌이 주부도 있다. 또한 독신 여성도 있다.

대략적으로 말하자면, 사회적 결혼 적령기에 인생의 변화에 개의치 않고 순순히 가정에 안주하여 남편이나 아이를 통한 평가에 저항없이 살아온 여자와 스스로의 선택과 자력으로 인생을 만들어가며 사는 독립적 감각을 가진 여자의 차이는 서른다섯쯤부터 확연히 드러난다. 무엇보다도 이 둘의 결정적인 차이는 스스로를 평가하는 데 있으며, 이것은 곧 자신감으로 이어진다. 다나베 씨의 남편과 아이를 뺀 자기 자신에 대한 평가는 제로에 가까웠다.

"남편과 아이를 빼고 나면 전 정말 아무 것도 못해요. '이런 것도 몰라, 엄만 정말 아무 것도 못하는 사람인가 봐'라고 애들한테도 바보 취급을 당할 정도니, 전 정말 아무 것도 못하는 여자인가봐요."

긴·한숨과 함께 토해낸 다나베 씨의 말은 몹시도 서글프게 느껴졌다. 그러나 이 말은 단순한 자기 비하가 아니라 주부가 놓여 있는 상황을 적나라하게 드러내고 있는 것이다. 여자가 결혼해서 가정에 들어앉으면 어지간한 노력없이는 자신을 자극하는 삶에서 멀리 떨어져 살아가게 된다. 가족이 마음 편히 쉬고 안정을 취하는 곳, 이것이 본래 가정의 이상적인 모습이다.

우리는 누구나 가정에서 한 발짝만 나가도 타인과의 관계 속에서 긴장을 강요당하고, 자신에 대한 절제를 요구받는다. 그러다보니 사적인 장소인 가정에서는 다 늘어진 고무줄처럼 완전히 풀어진 상태로 아무런 풍파없이 한가롭게 지내고 싶어한다.

　따라서 그런 가정을 책임지고 있는 주부만큼은 그녀의 마음속에 큰 파문이 일고 있을지라도 가족에게 태양 같은 존재로 있어주기를 기대하는 것이다.

출산은 인간의 퇴화를 동반할 때도 있다

　내가 외동딸 아즈사를 낳은 것은 서른두 살 때이다. 당시 도에이(東映)의 광고부에 근무하고 있던 나는 출산 뒤, 4주간의 휴가를 받았다.

　끊임없이 긴장이 강요되는 직장과 달리 가정은 남의 시선을 신경 쓰지 않고 지낼 수 있는 평온함으로 가득 차 있었다.

　집안 일도 결코 만만히 볼 수는 없지만 오늘 싫으면 내일 하면 되는 탄력성이 있는 만큼 자신의 재량껏 어떻게든 꾸려갈 수 있다. 그러나 직장에서의 일은 그렇지가 않다. 자신에게 벅찬 일이라도 지시받은 이상 어떻게든 해놓지 않으면 안 된다.

　퇴근 시간 즈음에 '자네, 이 서류 좀 깨끗이 정리해 주게.' 라는 상사의 말이 떨어지면 싫다고는 할 수 없다. 그러니 그런 재량권을 내 손에 쥘 수 있는 가정은 그야말로 나에게 천국이었다. 게다가 가정에서 아이와 함께 뒹굴며 '어, 누가 그랬쪄. 배가 고파요? 자, 맘마 많이 먹고 쑥쑥 자라야지. 우리 예쁜이, 사랑해요.

우리 예쁜이도 엄마 사랑해요?' 라고 되는대로 말을 하다보면, 자신을 아기 수준으로 끌어내려서일까, 왠지 어린 시절로 되돌아간 것 같고 세상의 모든 시름이 날아가 버리는 듯했다.

스포크 박사는 '아이가 태어나면 어머니는 자신을 아이 수준으로 끌어내린다. 그리고 그 상태에서 아이와 어울리며 편안함 속으로 빠져들면, 아이가 성장해도 어머니는 아이 수준 그대로 머물러 있는 경우가 많다.' 며 여자에게 있어서 출산은 인간으로서의 퇴화를 동반하는 경우가 있다고 경고했다.

그 시기의 나는 인간으로서 퇴화기였던 것일까. 아이로부터 가정으로부터 벗어나 직장으로 복귀하는 일이 너무 괴로워 견딜 수 없었다. 결국 예정보다 1주일 늦게 직장으로 돌아갔지만 두 달여 동안은 강도 높은 업무를 감당하지 못해 지칠대로 지쳐 버렸던 것이다. 그리고 그 일로 인해 가정이라는 곳이 얼마나 나를 자극시키는 일이 부족한 곳인가를 새삼 깨달을 수 있었다.

다나베 씨가 자신에게 주어져 있던 역할을 즐겨 했었는지는 모르지만, 평가에 대해 예민했던 그녀는 좋은 아내, 좋은 어머니, 좋은 주부가 되기 위해 노력도 하고, 이상적인 가정을 만들기 위해 힘써왔다. 하지만 그것은 어디까지나 역할상의 평가에 머물러 버리고 말았던 것이다.

진정한 나로 살기 위해

-결혼 생활을 독립적 감각으로 산다
-여성들이여, 야망을 가져라!
-독립적 감각을 자신의 것으로 만들기 위해
-인생은 자신만이 바꿀 수 있다
-최후에 웃는 자가 이긴다

결혼 생활을 독립적 감각으로 산다

노력한만큼 평가받는다

미하라 노비코 씨도 다나베 씨와 같은 서른다섯 살이다. 하지만 독신인 그녀는 분명한 자기 주장이 있다. 그것은 아마 누구에게도 기대지 않고 자력으로 살아온 그녀가 당당하게 인생에 대한 확신을 갖고 있기 때문일 것이다.

다나베 씨나 미하라 씨 모두 자라온 환경은 별반 차이가 없다. 모두 샐러리 맨 가정에서 태어나 전문대에 진학했다.

영문과를 졸업한 미하라 씨는 사원 백여 명 정도의 소규모 외국계 상사에 입사했다. 대기업 은행도 추천받았지만 소규모 회사가 실력 발휘에는 좋다는 생각에 내린 결정이었다.

결혼 조건으로는 은행처럼 사회적 신용이 있는 기업이 좋다는 취업 지도 교수의 권유도 물리치고 그 상사를 선택한 그녀는 막연하게나마 인생 80년 시대가 되면 결혼도 출산도 인생의 목표가 되지 않는다는 생각을 하고 있었다.

미하라 씨도 아들 딸, 둘만 낳기 시절의 전형적인 가정의 외동 딸. 오빠가 교토 대학에 진학하면서 자립한 뒤, 어머니의 관심은 오로지 미하라 씨에게 쏠려 있었다. 그녀는 그 지나친 간섭이 괴로웠다.

이제 막 40대 후반에 들어섰을 뿐인데 마치 자신의 인생을 포기한 듯 자식에게 집착하는 어머니의 모습. 그녀는 거기서 인생의 놀랄만한 변화를 엿보고 있었던 것이다.

설사 결혼해서 아이를 낳고 키웠다 해도 그것은 단순히 인생의 한 과정에 지나지 않는다. 게다가 평생 아이나 남편을 통해 살 순 없다고 막연하게나마 느끼고 있었기에 그야말로 좋은 결혼 조건으로서의 취직이 아니라, 누군가를 통하지 않고도 살 수 있는 자아 확립의 직장을 고를 수 있었던 것이다.

이 선택은 옳았다. 능력위주의 외국계 상사는 남녀 성별에 관계없이 능력있는 사람에게 책임있는 업무를 맡겼다. 게다가 자기 PR제도라는 것이 갖춰져 있어 직원들은 자신의 능력과 재능, 혹은 취직 후에 습득한 전문 기술이나 지식을 서류에 적어 제출한다. 그리고 상사(上司)는 그것을 검토한 후 거기에 적합한 일을 지시하거나 그에 맞는 부서로 보내준다.

'저 같은 사람이' 라고 말하면 '자기에게 자신없는 사람은 우리 회사에서 필요로 하지 않소.' 라는 차가운 답변이 돌아온다. 까딱 잘못하면 겸손하게 한 말을 액면 그대로 받아들여 한직으로 밀려날 수도 있다. 이렇듯 자신을 적극적으로 PR하는 제도 덕분에 그녀는 오랫동안 몸에 배어 있던 일본 여성 특유의 자기 비하 습관으로부터 풀려날 수 있었다.

또한 노력하면 그대로 평가받는다는 묘미에 끌려 입사 후 3년째 영문 타이핑과 영문 속기, 동시 통역에 이르기까지 새로운 것에 계속 도전했다. 그리고 점차로 자신감을 얻자 '저는 이런저런 일을 할 수 있습니다.' 라는 자기 PR을 하여 중요한 업무를 장악해 갔다. 그리하여 지금은 주임 비서라는 중책을 맡고 있다.

스스로가 평가의 대상이 되어 어떤 결과든 미하라 노비코라는 자신의 이름으로 책임지고 살아온 15년의 세월은 미하라 씨를 멋진 프로 여성으로 바꾸어 놓았다.

내가 그녀를 만난 것은 12년 전, 커리어 우먼 특집 취재로 인터뷰를 했던 때였다. 당시 그녀는 한창 결혼에 대해 고민하고 있던 중이었다. 상대는 같은 회사의 선배.

'결혼하면, 직장은 그만뒀으면 좋겠어.' 라는 애인의 말에 결혼에 대해 다시 생각하게 되었다고 한다.

인간으로서의 가능성에 건다

"이제 여자에게 결혼은 인생의 목표가 아니에요. 앞으로 60년의 세월이 있잖아요. 남자에게 기대고 살기에는 너무 길어요, 60년이란 세월은……."

아득한 60년의 저 끝을 응시하듯, 그녀는 먼 데로 시선을 던지며 말했다.

같은 세대의 많은 여성과 그녀의 차이는 인생을 바로 코앞에 닥친 그날 그날의 생활이 아닌 60년이라는 긴 안목으로 내다볼 줄 아는 데 있었다. 그 뒤로 왠지 마음이 맞는 구석도 있어 적당히 거리를 두고 만나왔다. 앞서 남성과의 결혼은 어느덧 흐지부지되어 버렸다. 그리고 직장 생활 5년째, 미하라 씨는 미타카의 맨션으로 독립해 나왔다.

"부모님과 같이 살면 아무리 나이를 먹어도 딸이고 아이라는 기분을 떨쳐 버릴 수가 없어요. 월급도 용돈 대신인 듯한 생각이 들면, 좀처럼 직장인으로서도 제몫을 하기 힘들지요. 독립을 하게 되면 생활이 걸려 있으니까 더 적극적이 되죠. 그래서 앞으로는 남녀 모두 결혼 전에 한번쯤은 혼자 살아보는 게 필요하다고 생각해요. 여자뿐 아니라 남자도 자기 주변 일은 자기가 하고 식사도 스스로 해먹으며, 자신의 고독도 자기가 확실히 떠맡고 살아야 합니다. 그렇게 혼자 살아봐야 비로소 누군가에게 도움을 받고, 누군가와 함께 산다는 게 당연한 일이 아니라 고마워해야 할 일이라는 걸 알 수 있지 않겠어요. 인생 80년 시대는 부부 관계도, 부모 자식의 관계도 60년이란 긴 세월에 걸쳐 계속됩니다. 이런 시대의 가족은 혼자 살 수 있는 사람들끼리 서로 돕고 살아가는 독립적 감각을 가져야지 그렇지 않으면 서로에게 짐만 된다고 생각해요. 혼자서도 살 수 있어야 하는 것이 앞으로 다가올 시대의 기본적 삶의 방식이 아닐까 싶거든요. 여러 선배들의 사는 모습, 특히 어머니나 아버지의 모습을 보면서 절실히 느끼고 있어요."

독립을 단행한 이유를 그녀는 이렇게 설명했다.

독립적 감각이라는 말이 신선하게 다가왔다. 바로 이것이 인생 80년 시대에 있어서의 삶의 본질을 정확히 나타낸 표현이 아닐까.

일찍이 남편은 돈을 벌고 여자는 집을 지키는 식으로 양성의 부족한 점을 서로 보충하는 것이 전형적인 결혼의 형태였다. 하지만 이제 남편은 정년 퇴직 후의 세월이 너무 길다. 하물며 여자는 아이들이 자립한 뒤의 세월이 40여 년에 이른다. 이미 자신들의 조부모나 부모처럼 단순히 서로의 부족한 점을 메우는 형태로는 살아갈 수 없는 것이 현실이다.

훌륭한 남편이 있든 자랑할 만한 아이가 있든 거기에 상관없이 독립적 감각으로 살아가야 한다. 그것은 특히나 여성에게 있어 중반의 인생을 좌우하는 큰 영향력을 가질 것이다.

다나베 씨도 그런 독립적인 감각으로 살았다면 결코 중증의 자기 부재에 의한 자신 결핍증으로 괴로워하지 않았을 것이다.

독립을 하고 난 뒤, 미하라 씨의 인간으로서, 직업인으로서의 성장은 눈부셨다. 무엇보다도 생활이 걸려 있다, 부모님의 맹렬한 반대를 무릅쓰고 독립한 만큼 뒤로 물러날 수는 없다, 조금이라도 중요한 직무를 맡고 조금이라도 많은 월급을 받지 않으면 여유있는 문화 생활을 즐길 수 없다.

동시 통역 학원에 다니게 된 것도 이 무렵이다. 의료 기구 상사인 그녀의 회사는 국제 의학 회의에 일본인 상사(上司)가 자주 참석한다. 그런데 전문적 동시 통역사가 적어 회의에 지장을 초래하고 있다는 말을 누누이 듣고 있었기 때문이었다.

"옛날 같으면 감히 엄두도 내지 못했을 거예요. 하지만 인간이 하는 일에 절대 못할 일은 없더군요. 그래서 전 '절대'란 말은 쓰지 않기로 했어요. 물론 해도 안 되는 일이 있겠죠. 하지만 전혀 못하는 것보다는 조금이라도 할 수 있게 되면 인생은 한층 즐거워집니다. 앞으로는 중국과 무역이 활발해질 것 같아서 2년 전부터 중국어 학원에 다니고 있죠."

서른다섯의 미하라 씨는 전혀 꾸밈없이 말했다. 자신의 이름으로 결과에 책임을 지고, 나는 어떤 사람이며 무엇을 할 수 있는지 정확하게 자기 평가를 내릴 수 있기 때문일 것이다. 그녀는 있는 그대로의 자신을 보여주며 어깨의 힘을 빼고 활기차게 살아가고 있다.

자신이 가지고 있는 무한한 가능성을 믿고 끊임없이 자기 개발을 위해 노력하는 인간 특유의 여유가 바로 어깨의 힘을 빼게 만들고 있는 것이다.

여성들이여, 야망을 가져라!

인간은 날 때도 죽을 때도 혼자

다나베 씨와 미하라 씨의 결정적인 차이는 독립적 감각을 길렀느냐, 그렇지 않느냐에 있다.

다나베 씨는 결혼과 출산을 옛날 여자들처럼 인생의 목표로 착각하고 있었다. 또한 남편이나 아이에게 맞춰 살아갈 수 있다고 믿어온 것이 그녀의 인생에 있어서 최대의 실수였다.

서른다섯의 나이에 양쪽의 차이가 확연히 드러난 것은 이 시기가 본격적으로 독립적 감각을 가지고 살기를 요구받는 인생 최대의 분기점이기 때문이다.

자녀 수는 평균 1.5명, 장남 장녀의 시대가 도래한 현재 일본 여성의 출산 연령은 평균 28.7세로 반올림해서 29세. 그 스물아홉이라는 나이에 큰아이를 돌보는 육아 기간 6년을 더하면 정확히 서른다섯. 싫든 좋든 누구누구의 엄마라는 '의' 자를 빼버리고 자기 이름을 가진 개인으로 살아갈 수밖에 없는 나이기 서른다섯인 것이다. 그러므로 그 나이에는 독립적 감각이 몸에 배어 있는 여자와 가족애의 편안함에 매몰되어 '인간은 날 때도 죽을 때도 혼자'라는 독립적 감각을 완전히 무시한 채 살아온 여자의 차이가 뚜렷이 드러난다.

다나베 씨도 그 전까지는 다분히 아이와 일체가 되어 고독을 모르고 살아올 수 있었으리라. 이 아이는 내가 없으면 안 되며, 나는 아이에게 꼭 필요한 사람이라는 뿌듯함과 인정받고 있는데 대한 충만감을 듬뿍 맛보며 살았을 것이다.

기왕 태어난 바에야 인간으로서 성실하게 인정받고 싶고, 살아 있는 한 쓸모 있는 사람이 되고 싶어하는 것은 남녀노소를 불문한 인간의 소박하고 근원적인 욕구이다. 오랜 세월에 걸쳐 남

자는 직업을 통해, 여자는 아이를 통해 인간의 근원적 욕구를 채
운다고 여겨 왔다.

　예로부터 아버지와 어머니를 비교했을 때 어머니 쪽이 아버지
보다 아이의 성장에 따라 시선이 올라가기 힘들다고 한다. 어머
니의 생활 방식, 사고 여하에 따라서는 자칫 6세쯤에서 시선이
멈춰 버린다. 어머니의 시선이 멈춘다는 말은 아이가 멈춰버린
어머니의 눈높이에 맞춰져 외양만 커지고 정신은 유아 상태 그
대로 멈춰 버린다는 것이다.

　그런 현상은 분명 옛날 어머니들이 더 심했을 것이다. 우리 어
머니도 그랬지만 20여 년 전까지만 해도 아이를 낳은 여자가 뭔
가 자신이 원하는 일을 하려고 할 때는 남편조차 '아이 딸린 여
자가 뭘 하느냐'며 나쁜 어머니의 본보기마냥 취급했었다. 오로
지 어머니로만 살라는 사회적 규제가 강했던 만큼 어머니의 시
선이 쉽사리 6세쯤에서 멈췄을 것이다.

　하지만 평균 자녀수가 대여섯이던 다산 시절에는 어머니의 시
선이 6세에서 멈추어도 결코 한 아이에게 고정되는 일은 없었다.
먼저 태어난 아이는 차례대로 그 시선을 통과해 무리없이 어른
이 되는 과정을 밟아갈 수 있다. 다만 막내만이 기회를 놓쳐 대
개는 어른이 되다 만 어른, 아이 같은 어른이 되어 버리고 마는
것이다. 자녀의 수가 1.5명으로 격감한 현재는 대부분의 아이가
일찍이 기회를 놓친 막내와 같은 입장에 놓여 있는 탓인지 어른
이 되다 만 어른, 아이 같은 어른이 대량으로 등장하고 있다.

그렇다면 도대체 왜 어머니의 시선이 6세에서 멈추는 것일까?

의사의 말에 따르면, 인간은 미성숙의 상태로 이 세상에 태어난다고 한다. 다른 포유류-개나 고양이, 또는 코끼리나 사자-는 태어나는 고통에서 회복되면 곧바로 비틀거리며 일어나 혼자 힘으로 맹렬히 젖에 달라붙는다. 또한 무서운 것과 만나면 흠칫거리며 내뺄 태세를 취한다. 인간이 그 정도로 성숙해서 태어나려면 지금보다 세 배에 가까운 시간을 어머니 뱃속에 있어야 한다.

이렇듯 인간은 포유류 중에서 완전한 미성숙의 상태로 태어나기 때문에 한 사람 몫을 하는 인간이 되기까지는 6년 정도의 시간과 다른 동물에 비해 훨씬 더 많은 공이 들어가는 것이다.

따라서 태어난 그 상대로 인간 사회에서 혼자 살 수 없는 인간은 그로 인해 자신을 지켜줄 누군가를 필요로 하는 것이고, 으레 그 역할은 어머니가 맡게 된다.

그러므로 아이가 6세가 되기까지는 모자의 관계 속에서 아이에게로 절대적인 인정을 받는다. 이렇듯 아이가 필요로 하는 한 인간의 근원적 욕구가 채워지고 있으므로 그 관계 속에서 여자로 태어난 데 대해 뿌듯한 나날을 보낼 수 있는 것이다.

독립적 감각의 유무는 어머니 인생만의 문제가 아니다

따라서 이런 뿌듯함에 도취되어 어느새 무의식중에 시선이 6

세에서 멈춰 버리는 것이다. 아버지의 경우는 아이 외에도 직업이라는 근원적 욕구를 채워줄 수단이 있으므로 어머니보다는 시선이 올라가기 쉬운 상황에 있다. 그러나 일밖에 모르는 일본의 경우, 올라간다기보다 아이로부터 시선이 벗어나 있는 아버지가 많다. 그만큼 또 어머니의 시선이 고정되기 때문에 점점 더 시선은 내려가고 있는 것이 현 실정이다.

그러나 어머니들은 한결같이 자녀를 자립심 있는 아이로 키우고 싶다고 말한다. 자립심은 지극히 추상적인 것으로 이것을 기르기 위해서는 구체적인 행위나 행동을 쌓아나가지 않으면 안 된다. 하지만 요즘의 젊은 엄마들은 그것을 너무 쉽게 생각하는 경향이 있다.

인간 사회에서 혼자 살아갈 수 없는 유아는 육체와 정신 모두를 어머니에게 의지하고 있다. 자립심의 첫걸음은 어머니에게 완전히 기대고 있는 아이의 육체를 혼자 설 수 있게 해주는 데서 시작된다.

구체적으로 말하면 아무리 시간이 걸리더라도 배설과 먹는 일을 스스로 할 수 있게 가르친다. 아울러 옷을 벗고 입는 것을 혼자 하게 하고 놀고 난 다음 뒷정리도 스스로 하게 만든다. 그리고 점차로 집안 일도 조금씩 돕게 하면서 자기 일은 자기가 알아서 할 수 있도록 가르쳐 간다.

이렇게 자고 일어나고 먹고 생활하는 자기 주변의 잡다한 일들을 알아서 할 수 있게 되면, 어머니에게 기대지 않고도 살아갈 수 있다.

　남에게 의지하는 부분이 적어지면 그만큼 여유가 생겨, 유치원에 가서도 친구를 돕거나 감싸주며 적극적으로 친구들을 대하게 될 것이다. 그러다보면 당연히 친구가 많아지고, 그 친구들과 어울리며 자연히 어머니에게 등을 돌리게 된다. 이렇게 지금까지 끌어안고 정면으로 마주보던 아이가 등을 돌리기 시작하면 근원적 욕구를 채워주던 아이가 떨어져 나간다는 상실감으로 인해 어머니의 허전함이 깊어질 것이다.

　여기서 간과해서는 안 될 것은, 되도록 아이의 자립을 늦추고 나이를 먹어도 모자의 관계 속에서 근원적 욕구를 채우며 살아가고 싶은 어머니의 간절함 때문에 일부러 과잉 보호를 하여 아이를 완전한 어른으로 만들지 못하는 자녀 양육은 대단히 위험하다는 것이다.

　그러나 현대만큼 어머니가 아이에게 집착하는 시대는 없을 듯하다. 대학 합격자 발표일에 모자가 서로 껴안고 기뻐하는 모습이 해마다 텔레비전으로 방영되는데 이것만큼 볼썽사나운 풍경도 없다. 선거권을 18세로 낮추자는 주장까지 나올 만큼 아이는 외양적으로 여지없는 성인이다. 대학 입시의 결과야 당연히 아이가 떠맡아야 할 일인데도 마치 어린애라도 되는 양 모자가 일체가 되어 기뻐하고 한탄하고 있다. 이런 상태라면 영원히 자신이 한 일의 책임을 지지 못하는 젊은이가 늘어나는 것은 당연한 일이다.

겨우 두 아이에게 언제까지고 필요한 사람이 되고 싶고, 그 애들을 통해 평가받으며 살고 싶은가. 그렇다면 그 아이들을 마냥 아이로 묶어두어야 할 것이다.

이미 이렇게 되면 아이를 위한 것이 아니다. 바로 어머니 자신을 위한 것인데도 많은 여성들은 그것을 깨닫지 못하고 있다.

인생 최대의 분기점인 서른다섯에 독립적 감각을 나의 것으로 만드냐의 여부는 아이의 인생과도 깊이 연관되어 있는 만큼 단순히 어머니 인생만의 문제는 아니다.

'Women be ambitious! 여성이여, 야망을 가져라!'

독립적 감각을 자신의 것으로 만들기 위해

자신의 내면을 더듬어가는 자아 찾기 여행

나 자신에게 자신(自信)을 갖고 살아갈 수 있는 독립적 감각을 내 것으로 만들려면 대체 어떻게 해야 될까. 우선 진정한 나와 만나기 위해 자신의 역사 연표를 만들어 보기를 권한다.

나는 아사히 문화 센터에서 2년간 자기사(自己史) 강좌를 맡아 왔다. 자신의 내면을 더듬어가는 자아찾기 여행의 가장 효과적인 방법은 자기 역사를 꾸준히 써나가는 일이다. 그러나 한 발짝 떨어져서 자신의 역사를 써나가기란 쉬운 일이 아니다. 그러므로 우선 자신의 역사 연표를 작성해 보기를 권했던 것이다.

원고지도 좋고, 편지지도 좋다. 우선 그 종이를 4단으로 나눈다. 맨 위에 날짜를 쓰고, 둘째 단은 자기 자신과 관련된 일을, 셋째 단은 국내에서 일어난 일, 넷째 단은 국외에서 일어난 일을 쓴다. 다 쓴 종이를 풀로 붙여 돌돌 말아두면 그야말로 보기 쉬운 자기사 연표가 완성된다.

나는 그중에서도 특히 자신에게 관련된 일을 되도록 구체적으로 쓰게 하고 있었다.

"어린 시절에 받은 상이나, 학급에서 맡았던 직책, 공부했던 것들을 모두 빠짐없이 써주세요. 어른이 되면 뭐가 되고 싶었는지도요. 그리고 사랑이나 실연 같은 연애담도 잊지 마세요. 어떤 사소한 일도 좋습니다. 자신과 관계된 일은 모두 다 꼼꼼하게 기입해 주세요."

자기사 강좌의 정원은 서른 명이다. 서른 명의 역사 연표를 훑어보면 역시 거기에는 서른 가지의 고유한 인생이 드러난다. 하지만 움직이기 힘든 공통 분모가 두 가지 있었다.

첫째는, 처녀 시절에는 순수하게 자기 자신과 관련된 일이 구체적으로 쓰여져 있지만, 결혼 뒤에는 그것이 거의 자취를 감추고 있다. 대신 등장하는 것이 가족, 특히 아이와 관련된 일이다.

몇 년 몇 월에 딸 또는 아들이 태어나기 시작해 첫째, 둘째, 때로는 셋째를 키운 역사가 자리하고 있는 것이다. 그 사이 사이에, '몇 년 몇 월에 승진, 몇 년 몇 월에 어디 어디로 전근……'

과 같은 식으로 남편의 직업 연대표가 적혀 있다.

둘째는, 아이들이 커감에 따라 기재 사항이 크게 줄고 있다는 점이다.

이 강좌에 참석한 사람의 평균 연령은 49세. 이미 아이들이 본격적으로 자립한 뒤의 여자들이 주축을 이루고 있다.

개중에는 장남의 결혼으로 연표를 끝내고 있는 사람도 있었다. 날짜를 보니 결혼식은 그 때로부터 3년 전의 일이었고, 본인의 나이는 56세로 되어 있었다. 앞으로 별 일이 없다면 20여 년의 세월이 남은 셈인데, 이 여자는 나머지 그 시간을 백지 상태로 살아가겠구나 싶어 가슴이 답답해져 왔다.

총 10회의 강좌 중 2회분은 자신이 작성한 연표에 대해 소감과 의견을 나누는 시간으로 구성되어 있었다.

"제가 작성한 연표를 보다가 저도 모르게 소리를 지르고 말았습니다. 결혼 전까지만 해도 제 자신이 했던 일, 생각했던 일이 많이 쓰여 있었죠. 그런데 결혼 후에는 마치 저는 연기처럼 사라져 버리고 모두 아이나 남편에 대한 일들뿐이에요. 제 자신은 어디에도 존재하지 않아요. 아이나 남편에 의한 나밖에 없다는 걸 지금까지 전혀 모르고 있었던 겁니다. 이래선 안 되겠다는 생각이 절로 들었죠. '아이가 자립한 뒤에도 살아야 한다, 남편과 사별해도 나는 여전히 살아가야 한다. 그렇다면 앞으로 내 역사 연표에는 내가 하고, 내가 생각한 일이 가득한 삶을 살아야겠다' 고 생각했죠. 새삼 제 인생에 대해 되묻는 계기가 되었던 겁니다.

이제 내가 없는 삶은 절대 사양합니다. 내게도 두 발이 있으니까요. 이제는 내 발로 당당히 살아갈 겁니다."

당시 서른다섯의 나이로 수강자 중 가장 연소자였던 아이카와 아쓰코 씨는 당차게 말했다.

딸 하나의 어머니인 그녀는 아이가 중학교에 입학하자 곧바로 새 인생을 찾아야겠다는 마음을 먹고, 이 강좌를 수강했던 것이다.

현재 자신이 어떤 상황에 놓여 있는가

아이카와 씨의 소감에, '그러고 보니 나도 그렇네.' 라는 목소리가 잇따랐다. 그것을 들으며 나는 내심 빙그레 웃고 있었다.

사실은 이런 주부들의 상황을 수강자 개개인에게 확인시켜 주고자 자기사 연표를 작성하게 했던 것이기 때문이다.

진정한 나와 만나기 위해서는 현재 자신이 어떤 상황에 놓여 있는가를 확인하는 일부터 시작해야 한다. 이 연표는 자기 확인의 최고 자료가 되기에 충분하다. 그러므로 자아 찾기에 고민하고 있는 여자들에게 무엇보다도 이것을 작성하도록 권하고 있다.

연표 작성의 효용은 자기 확인 뿐만 아니라 자신 결핍증의 특효약이 될 수도 있다.

연표 속의 어린 시절, 처녀 시절을 훑어보며 자신이 예전에 얼마나 다양한 일을 했었는지 떠올린다. 어린 시절에 그림을 잘 그렸던 사람도 있고, 달리기를 잘 했던 사람도 있다. 변호사를 꿈꿨던 사람도 있고, 디자이너를 지망했던 사람도 있다.

많은 수강생들은 자신이 아무것도 할 수 없는 게 아니라 뭔가를 할 수 있는 가능성을 가지고 있었는데 오랫동안 그 뜻을 접어 두고 살다보니 퇴화해 버린 데 불과하다는 것을 깨달았다. 그리고 마침내 자신이 무엇을 하고 싶었는지를 기억해 냈다.

자기사 강좌의 마지막 수업은 자기 소개가 아닌 자기 PR의 날로 진행되었다.

일종의 자기 평가 훈련으로서 자신의 연표를 차분히 훑어보면서 자신이 할 수 있는 일이 뭔가를 작성해 한 사람당 3분씩 자기 PR을 하는 것이다.

첫째 날에는 자기 소개를 하게 했었다. 그 당시 수강생들의 자기 소개는 백 퍼센트 자기 비하가 서두를 장식하고 있었다.

'그냥 주부입니다.'에서 시작해 '아무 것도 몰라서 좀 배워 보려고 신청했습니다.'라는 틀에 박힌 인사가 뒤를 잇는 것이 다반사였다.

하지만 마지막 날 자기 PR을 할 때는 전혀 다른 상황이 벌어졌다.

누구랄 것도 없이 먼저 일어나 활기찬 목소리로 '나는 이런 것도 할 수 있고, 저런 것도 할 수 있다. 그래서 앞으로 이런 일을 하고 싶다'고 유머까지 섞어가며 얘기를 한다. 그 때마다 수강자들 사이에서 우르르 박수가 쏟아졌다.

"제 자신도 놀라고 있습니다. 나도 정말 이렇게 일을 할 수 있는 사람이었구나 싶어서요. 지금은 좀더 닦아야 할 옥이라고 할까요. 10년 정도 닦기를 게을리 했으니, 지금은 다소 때가 끼어 있지만 잘만 닦으면 눈부시게 빛날 옥이 바로 접니다. 직장에 다니던 시절, 저는 세공을 배웠었지요. 브로치나 반지도 몇 개 만든 적이 있는데, 그걸 한번 찾아서 꺼내 봤어요. 제 생각에도 잘 만들었다 싶어 한참을 들여다봤습니다. 지금 시작한다 해도 앞으로 40년 정도는 남았잖아요. 그 세월이라면 세계적 디자이너도 넘볼 수 있지 않겠어요. 그래서 사실은 이제, 세공반에 수강 신청을 하고 왔습니다. 10년 뒤에는 개인전을 열 생각이에요. 그 때 여러분께도 반드시 초대장을 보낼테니 아무쪼록 꼭 참석해 주세요."

아이카와 아쓰코 씨는 이렇게 PR을 했다.

지금 내 손가락에 끼워져 있는 커다란 호박 반지는 그녀가 만들어 준 것이다.

아이카와 씨는 2년 전 작성한 자신의 연표를 지금도 계속 기입해 가고 있다. 최근 2년 동안의 연표에는 결혼 전처럼 본인 자신의 일들이 상세히 담겨 있다.

독립적 감각을 실천에 옮기고 있는 아이카와 씨, 그녀는 내년에 동료 다섯 명과 5인전을 열 예정이라고 한다.

인생은 자신만이 바꿀 수 있다

길을 잘못 들었다면, 다시 돌아가 바른 길로 가면 된다

우리 집에 자신을 찾고자 상담하러 오는 사람들에게도 나는 '자기사 연표 만들기'를 숙제로 내주고 있다. 물론 어떤 효용이 있고, 어떤 요령으로 작성하는지도 상세히 설명한다. 그러면 그들은 잘 알았다는 얼굴로 고개를 끄덕이며 돌아가지만 실제로 숙제를 해가지고 오는 여자들은 전체의 6분의 1 정도이고, 나머지는 깜깜무소식.

다소라도 인연 있는 사람에게는 그 뒷소식이 궁금해서 나도 모르게 수화기로 손이 가기도 한다. 하지만 이내 거둬버리는 것은 자신의 인생은 자신의 것이고, 따라서 인생을 바꾸는 것도 자기 자신 뿐이라는 인생의 철칙이 머리를 스치기 때문이다.

적어도 지금까지의 삶을 바꾸기 위해서는 그 나름의 에너지나 노력이 필요하다. 그러한 투자없이 남에게 의지해서 인생을 바꿀 수 있다고 생각한다면 그야말로 인생을 너무 얕보고 있는 게 아닐까 싶어 나도 모르게 은근히 화가 나기도 한다.

소식이 없는 여자들 중에는 '어떻게든 해야지'라는 말을 변명 대신 쓰고 있는 사람도 적지 않다. 남편이나 아이에 의존해 사는 편안함에 폭 빠져 있으면서도 남에게는 그렇지 않은 척 '어떻게든 해야지'라고 끊임없이 말하고 있는 것이다. 혹은 그렇게 말함으로써 현재의 자신의 상황에 정당성을 부여해 나간다. 말 한마디 한마디에서 '변명형이구나' 하는 사실이 엿보이면, 그녀의 변명을 위해 나의 소중한 시간을 빼앗기고 있는 듯해 초조함을 느끼곤 한다.

숙제를 해가지고 오는 여자들은 그야말로 진지하게 자아 찾기에 몰두하고 있다. 부모님이나 · 초중고교의 선생님, 반 친구들, 직장 시절의 상사나 친구들의 이야기를 듣고 아리송한 기억을 정정하면서 놀랄 만큼 상세한 자신의 연표를 만들어 온 사람도 있었다.

사토 센카 씨, 두 딸의 어머니에 남편은 샐러리 맨. 고등학교 졸업 후, 5년간 출판사의 경리과에 근무하다기 중매로 결혼했다.

'숙제 덕분에 네 가지를 발견했습니다.' 라고 그녀는 말했다. 그녀가 발견한 네 가지 중 첫번째는 문화 센터의 여자들처럼 처녀 시절과 결혼 후의 기재 사항이 다르다는 것이다. 두 번째 역시 자신이 여러 가지 일을 할 수 있는 사람이었다는 자기 확인이었다. 그러나 세 번째와 네 번째의 발견은 무엇보다도 독특하고 재미있었다.

"세 번째는 제대로 표현하기 힘들지만, 지금까지 저는 과거라는 걸 단순한 추억에 지나지 않는다고 생각했습니다. 그래서 자기사 연표를 만들라는 선생님의 말씀을 들었을 때, 거부감이 들었었어요. 이제부터 적극적으로 살고 싶어하는 사람에게 추억이 왜 필요한가 해서 말이죠. 짐짓, 소극적이 되라는 게 아닐까 싶었거든요. 하지만 우선은 현재의 숨막히는 상태에서 벗어나고 싶었고, 뭔가 구체적인 행동을 절실히 느끼고 있었기 때문에 여하튼 시키는 대로 해보자 싶어 한 달 동안 만들어 봤죠. 그리고 그것을 몇 번 훑어보다 문득 깨달았습니다. 과거는 단순한 추억이 아니라, 어디서 어떻게 길을 잘못 들었는지 그 사실을 알기 위한 자료라는 걸 말이죠. 길을 잘못 들었다는 걸 알면 그곳까지 돌아가 바른 길로 다시 걸어가면 됩니다. 어디서 잘못되었는지 모르면 다시 돌아갈 수가 없지요. 그곳으로 돌아가 다시 출발하려면 역시 앞으로 남은 세월이 길어야 합니다. 그런 점에서 서른 다섯이라는 나이는 새 출발하기에 가장 좋은 나이인 것 같습니다. 지금까지 걸어온 세월보다 남은 세월이 더 많으니까요.”

노력과 고생이 있으므로 인생은 즐겁다

사토 센카 씨는 세 번째 발견 내용을 차분한 목소리로 말했다.

그녀의 이야기를 듣고 있다보니 수학 학원의 강사로 있는 친구의 말이 떠올랐다. 이 학원은 학교 수업을 따라가지 못하는, 아니 따라가지 못할 수밖에 없는 중학생을 대상으로 하고 있다. 수학 시간에 늘 뒤쳐져 있는 아이들이 있는데 이런 아이는 여기까지 오는 동안 반드시 어디선가 걸려 넘어진 것이다. 즉, 잘못된 길로 들어서 버린 것인데 어디서 잘못 들었는지 모르는 채 그저 나아가다 보니 어느새 수업에서 완전히 동떨어져 버리게 된 것이다.

그래서 친구는 우선 초등학교 4학년 수학 교과서의 문제부터 풀게 했다. 개중에는 이미 4학년 단계에서 막혀 버리는 아이도 있다. 과거로 거슬러 올라가 문제를 풀게 해서 잘못된 길로 들어간 지점을 알면 그곳으로 돌아가 차분히 가르쳐 나간다. 그러다 보면 어느새 중학교 수학 시간을 따라잡을 수 있게 된다는 것이다.

인생에서의 문제도 수학 문제와 다르지 않다. 인생을 과거로 거슬러 올라가 검증해 가면 어디서 길을 잘못 들었는지 알 수 있다. 잘못된 곳을 알면 그 때로 돌아가 세내로 된 길을 다시 걸어 가면 된다.

과연, 과거는 단순한 추억이 아니라 검증 자료가 되는구나 하는 것을 사토 씨의 말을 듣고 새삼 인식하게 되었던 것이다.

나이를 너무 많이 먹어 버리면 다시 출발하기가 힘들다. 하지만 30대 중반이라면 아직 체력도 있다, 기력도 있다, 남은 세월도 많다. 인생의 재출발은 그야말로 이 나이의 특권인 것이다.

"그럼, 네 번째 발견은 뭐죠?."

나는 재촉하듯이 물었다.

"발견이라고 하기엔 너무 과장인 것 같구요, 과거의 추억이란 게 꽤나 미화되어 있다는 생각이 들었습니다. 현 상태가 불만이면 자기도 모르게 처녀 시절에는 좋았는데 하면서 남편에게 원망 비슷한 마음을 품기 쉽지만, 여러 사람을 만나서 나와 관련된 갖가지 에피소드를 듣다 보니 처녀 시절에도 좋은 일뿐 아니라 나쁜 일도 있었다는 걸 분명히 알게 되었습니다. 그러니까 앞으로도 내게 맞는 인생을 살기 위해선 싫은 일도 마다해선 안 되겠죠. 노력이나 고생은 늘 따라붙기 마련이고 인생에는 좋은 일만 있는 게 아니잖습니까. 싫은 일이 있음으로 해서 좋은 일이 더 돋보인다는 것을 확실히 알게 되었죠. 덕분에 이젠 새로운 일에 도전하는 게 두렵지가 않습니다."

사토 씨는 온화하게 웃어 보였다.

'인생에 좋은 일만 있는 것은 아니다. 싫은 일이 있음으로 해서 좋은 일이 더 돋보인다'는 말은 확실히 명언이다. 이것을 알면 새로운 일을 시작할 때 마이너스 이미지보다 플러스 이미지를 앞세울 수 있다. 그러므로 사토 씨는 새로운 일에 도전하기를 두려워하지 않게 된 것이리라.

6년 후인 현재, 그녀는 공인 회계사 사무실에서 일하고 있다. 옛 직장 상사의 '사토 씨는 셈이 아주 빨랐다구. 자네가 작성한 회계 감사 자료는 단 한번도 실수가 없었지. 결혼하면서 회사를 그만둔다고 했을 때는 내심 많이 서운했었네. 축하한다고는 했지만 되도록 함께 일했으면 하는 마음이었다구.'라는 말에 자극을 받고 공인 회계사 학원에 다녀 멋지게 자격증을 취득한 것이다.

사토 씨는 우리 집을 찾아온 상담자 중에서도 단연 우등생이다.

그러나 누구나 그녀처럼 단번에 일어설 수는 없다. 대개는 홉 스텝 앤드 점프(hop step and jump)의 3단계를 거쳐 변신을 이루어가고 있는 것이다.

최후에 웃는 자가 이긴다

인생은 마라톤이다

오구라 야에코 씨는 '이떻게든 해야지'라는 생각이 누구보다 강한 평범한 여성이었다. 신중하다고 할까 겁이 많다고 할까, 마치 거북이마냥 등껍데기에서 잠시 고개를 내밀고 주변을 쓱 둘러보고는 안전하다 싶으면 조금 앞으로 나가고 위험하다 싶으면 재빨리 그 속으로 고개를 묻어 버린다.

그러나 인생은 그야말로 마라톤. 순발력 있는 토끼형보다 지구력 있는 거북이형 쪽이 결국은 승리를 거둔다는 것이 인생 80년 시대를 사는 요령이다.

'최후에 웃는 자가 이기는 거예요.'라는 말로 수없이 격려했을 것이다. 사실은 이 말은 나 자신의 처세술이기도 하다.

나 역시 거북이형 인간이다. 나 자신도 싫을 만큼 일 하나를 성취하는 데 오랜 세월이 걸린다. 그러나 토끼형 친구가 야단법

석을 떨며 저 멀리 시야에서 사라져도 10년을 하루처럼 걷다보면 대체로 쏜살같이 질주하던 그 친구는 중간에서 녹초가 되어 버린다. 결국은 골인해서 최후에 웃는 것은 거북이형인 내가 되는 경우가 많다. 그러므로 뒤쳐진 나머지 나도 모르게 애가 타 초조해지면 '최후에 웃는 자가 이기는 거야.' 라며 스스로를 위로하곤 한다.

오쿠라 씨가 자기사 연표를 작성하고 자기 확인에 도달하기까지는 꼬박 1년이 걸렸다.

'아주 평범한 아이라서 별달리 눈에 띌 만한 뭔가를 했던 기억이 없다.' 며 그녀는 만날 때마다 풀죽은 얼굴로 말한다.

분명히 그녀의 연표를 보면 뭔가 특별히 써넣은 기색도 없고, 주목을 받았던 일도 눈에 띄지 않았다.

장래의 꿈도 좋은 아내, 좋은 어머니가 되는 것이었다. 그 꿈을 이룬지는 이미 오래. 아들과 딸을 자립심 있는 아이로 키워 30대 중반에 이미 아이의 뒷모습을 바라보는 쓸쓸함을 톡톡히 맛보고 있었다.

생각이 깊은 만큼 아이의 자립이 마음의 공허, 인생의 공허로 이어지는 삶은 바람직하지 않다는 것을 절실히 느끼고 있었다.

"아이의 인생은 아이의 인생이고, 남편의 인생은 남편의 인생이죠. 그렇다면 나 자신도 내 인생이라 할 수 있는 것을 만들어야 한다고 진지하게 생각하기 시작했어요."

하지만 막상 그렇게 하려고 해도 지금까지 보조 역할만 해온 사람이 갑자기 주역을 맡는 단계에 이르자 망설임만 앞서게 되어 나를 찾아온 것이다.

그녀는 자기사 연표를 작성함으로써 현재 자신이 놓여 있는 상황에 대해서는 충분히 파악하고 있었다. 그런 만큼 그 상황에서 벗어나는 데 진지했다고 할 수 있다. 다만 과거를 아무리 살펴봐도 뭔가를 성취했던 사실을 찾을 수가 없어 이 나이에 과연 뭘 할 수 있을까 하는 회의감에 그저 등껍데기 속에 고개를 처박고 있었던 것이다.

오쿠라 씨의 다섯 번째 방문 때였다. 그 날 마침 79세의 나이로 베토벤의 9번 교향곡을 연습하고 있는 나이 많은 내 친구가 와 있었다.

그녀가 속해 있는 지역의 합창부에서는 매해 연말에 초등학교 강당에서 9번 교향곡을 발표하고 있었다.

"배 힘으로 힘껏 발성을 해 노래를 하고 있으면 등줄기가 쪽 펴지고, 어느새 나이도 잊어버린답니다. 노래가 끝난 뒤의 박수가 또 그렇게 좋을 수가 없어요. 그래, 난 아직 버려진 게 아니구나 싶고, 살아 있다는 기쁨에 온 몸이 짜릿하답니다."

그녀의 이야기를 듣는 동안 오쿠라 씨의 눈이 빛나기 시작했다.

"까마득히 잊고 살았는데, 사실은 고등학교 때 합창부에 있었어요."

이미지 훈련으로 자신 결핍증에서 탈출

오쿠라 씨는 메조 소프라노를 맡았었다. 미션 스쿨이던 그녀의 학교에서는 크리스마스 때 합창부가 강당에서 〈할렐루야〉를 부르는 것이 정례 행사로 되어 있었다. 단원 모두 흰 블라우스에 검정색 긴 드레스를 입는다. 노래가 끝나면 터질 듯한 박수가 강당 가득 울려 퍼졌다고 한다.

"뛰어난 재능이 있었군요. 타고난 미성(美聲)으로 사람들의 마음에 기쁨을 주었잖아요. 성공해서 많은 사람들에게 큰 박수를 받는 거예요. 그 때의 모습을 계속해서 상상해 보세요. 그렇게 해서 성공 이미지를 내 것으로 만드는 거예요. 이것을 일컬어 '이미지 트레이닝'이라고 하죠. 뭔가를 시작할 때 그 때의 성공 이미지를 그리다보면 '잘 안 되면 어쩌나' 하는 마이너스 이미지가 어느새 '그래 반드시 성공할 거야'라는 플러스 이미지로 대체되어 버리죠. 기억을 새롭게 해서 성공 이미지를 체질화하는 것이 당신의 두 번째 단계예요. 그렇게 도약한 다음이 스텝 단계. 그것이 가능하면 반드시 점프할 수 있을 거예요."

이 날부터 그녀의 이미지 트레이닝이 시작되었다. 아무리 사소한 것을 할 때도 당시의 박수 소리를 되살린다. 그 소리에 발그스름해진 고교 시절 자신의 얼굴, 그리고 당당하게 가슴을 편 자신의 모습을 떠올리며 성공 이미지를 그린다. 일찍이 그 자리에 올라 봤으므로 이번에도 실패할 리 없다고 자신에게 확신을 준다.

고교 야구 선수들도 이런 이미지 트레이닝을 받고 있다고 한다. 승리한 시합의 비디오를 계속 반복해 보면서 그 이미지를 주입하면 본 시합 때도 냉정해질 수 있다고 한다. 프로 야구의 투수도 등판 전야에는 승리한 시합 때의 이미지를 끊임없이 상상한다고 하던 말을 들은 적이 있다.

꼭 반년을 오쿠라 씨는 이미지 트레이닝에 힘썼다. 성공 이미지를 반복적으로 그려가는 동안, 어느새 자신 결핍증에서 벗어났던 것일까. 용기를 내서 PTA(육성회) 합창단에 들어간 것은 나를 찾아온 지 1년 반 뒤의 일이었다. 힘껏 발성을 해 사람들로부터 박수를 받으며 긴장감에 찼던 한때를 갖게 되고부터 자신감과 자신의 가능성도 확신하게 되었던 것일까, 권유한 대로 생명보험회사에 세일즈맨으로 입사해 제몫을 톡톡히 하고 있다.

"'남 앞에서 말 한마디 제대로 못했던 당신이…….' 라면서 남편도 제 변신에 놀라는 눈치였어요. 하지만 가장 놀라고 있는 건 바로 제 자신이에요. 뭘 해도 잘못되지 않을까 두려워했었는데 지금은 일단 긍정적으로 생각하죠. 실패를 해도 실패는 성공의 어머니다 생각하고 다시 도전하는 저를 보고 있자면 인간의 가능성은 끝이 없구나 싶어 가슴이 뭉클해집니다. 이대로 나가면 60이 되든 70이 되든 뭔가 새로운 일을 시작하고 있지 않을까 싶어요. 진정한 점프는 사실 60이 넘어야 할지도 모르겠어요. 서른다섯에서 마흔다섯이 도약 시대, 마흔다섯에서 쉰다섯이 스텝

시대, 그 이후가 점프 시대로 이어질 수 있다면 최고의 인생이
아닐까 싶네요.”

거북이형 홉 스텝 앤드 점프의 달인은 이렇게 말했다.

일본 여성의 평균 수명은 83세. 그대로만 산다면 서른다섯 살
의 여성은 앞으로 48년의 세월이 남아 있는 셈이다. 이 긴 시간
을 오쿠라 씨의 말대로 홉 스텝 앤드 점프의 3단계로 나누는 것
도 한 방법일 것이다.

활기차게 현역인으로 살고 있는 6, 70대 선배들의 행적을 살
펴보면 대개가 홉 시대, 스텝 시대를 거쳐 60대에 멋진 점프 시
대를 맞고 있다.

홉 시대는 멋진 노년으로 가는 등용문. 그래서 그야말로 이 시
대에는 온 힘을 다해 뛰지 않으면 안 된다, 홉 스텝 앤드 점프로.

자신을 키우고 연마하기 위해

―높은 뜻을 갖고 사는 것이야말로 인생 최대의 기쁨이다
―자기에게 투자해야 미래의 인생이 열린다
―노력이라는 이름의 지구력이 인생을 꽃피운다
―인생의 상승 욕구는 힘든 여건에서 나온다
―자신에게 탐욕스런 시대, 탐욕으로 자신을 키워라

높은 뜻을 갖고 사는 것이야말로
인생 최대의 기쁨이다

인생 최고의 모델을 찾아라

인간은 누구나 나이를 먹으며 살아간다.

현재 서른다섯인 사람도 10년이 지나면 마흔다섯, 20년이 지나면 이미 점프 시대의 문전인 쉰다섯에 이른다.

나는 내년에 환갑을 맞지만 정작 자신은 60년 가까이를 살아온 것에 대한 실감을 전혀 못한다.

다른 사람의 말을 듣거나 서류에 나이를 기록할 때가 되서야 비로소 '어느새 이렇게⋯⋯.' 라고 놀라움 반, 당황 반의 감탄사를 내뱉는 것이 보통이다. 그리고 그 때마다 세월이 유수 같다는 옛말을 떠올리곤 한다.

정말이지 세월은 시위에서 당겨진 화살처럼 빠르다. 어떤 일을 시작하려고 할 때, 차일피일 미루다보면 그야말로 시간은 눈 깜짝할 사이에 흘러가버리고 만다. 그럴 때마다 '아, 그 때 이런저런 일을 해뒀으면 좋았을걸.' 하고 후회해도 사후 약방문인 경우가 얼마나 많은가.

'후회 막급이다', '쇠뿔도 단김에 빼라', '사소한 일도 모두 전생의 인연에서 비롯된다', '급할수록 돌아가라', '실패는 성공의 어머니', '물은 낮은 데로 흐른다'

옛 선인 중에는 인생의 달인이 많았던 것일까, 격언에는 깊은 뜻이 담긴 말들이 많다.

가끔 이 말들을 입 속으로 중얼거리다 보면 지금은 비록 고인이 되셨지만, 내게 그 격언 사전을 생일 선물로 주신 평론가 마루오카 히데코 씨가 뒷걸음질치고 있는 내 등을 세차게 밀고 있는 듯한 기분이 들 때가 있다.

내가 마흔세 살 때의 일이었다. 20년 이상 연상인 대선배가 당시의 내게는 가장 닮고 싶은 최고의 모델이었다. 나는 되도록 그분과 가까워지려고 노력함으로써 스스로를 한발 한발 높은 곳으로 끌어올릴 수 있었다.

자신이 앞으로 도달할 미래 인생에 가장 모범이 될 사람을 찾았을 때보다 더 큰 행복이 있을까.

"되도록 많은 사람과 사귀세요. 그것도 동년배뿐 아니라 세대가 다른 사람들과도 기회를 만들어야 해요. 젊을 때는 자기도 모르게 나이의 벽을 만들어 다른 세대의 사람들을 외면해 버리는 경향이 있는데 그거야말로 제 복을 차버리는 일이죠. 인생 최고의 모델을 만날 기회잖아요. 자신의 동경의 대상을 찾게 되면 자연히 그분처럼 되려고 노력하게 됩니다. 물은 낮은 데로 흐른다는 말이 있잖아요. 뜻이 낮은 사람을 만나다 보면 자신도 그런 사람이 돼버리고 말지요."

이렇듯 내가 상담자들에게 최고의 모델을 찾도록 권하는 것은 나 역시 그것을 가짐으로써 많은 것들을 누렸던 경험이 있기 때문이다. 마루오카 선생님은 뜻을 높이 갖고 사는 것이야말로 인생 최대의 기쁨이라는 것을 자신의 삶을 통해 몸소 가르쳐 주셨다.

최고의 모델은 특별히 현존하는 사람에게만 한정할 필요는 없다.

다양한 선배들의 자서전이나 전기를 읽음으로써 '나도 이렇게 살고 싶다.', '이런 여성이 되고 싶다.'는 다짐을 하며 활기차게 살아가고 있는 상담자도 상당수에 달한다.

여러 가지 다양한 여성들의 라이프 스타일을 배우며 정보를 수집한다. 그리고 가장 좋은 모델을 찾는다. 도약 시대의 이것은 꼭 필요한 작업의 하나다.

과정이 있으므로 결과가

하지만 최고의 모델을 찾은 뒤에는 함정도 있다는 사실을 놓쳐서는 안 된다. 사실은 나도 그 함정에 걸려들었던 때가 있었다.

나는 당시 60대 후반이던 마루오카 선생님의 존재에 압도되어 '이 분의 위대함은 타고난 것이다, 그 발끝만이라도 쫓아가면 원이 없겠다.'고 완전히 주눅들어 있었다.

"전 도저히 선생님을 따라갈 수 없어요. 정말 대단하세요."

콤플렉스에 짓눌려 있던 나는 어느 날 개미 소리 만하게 기어 들어 가는 목소리로 말했다. 순간, '까르르' 하는 웃음소리가 터져 나왔다.

"너무 과대 평가 아닌가요. 기쁘기도 하고, 부끄럽기도 합니다. 하지만 지금도 난 내 무능함에 절망할 때가 있는 걸요. 만일 내가 당신보다 남 앞에서 좀더 얘기를 잘하고, 글도 좀 잘 쓰고, 신중하게 생각 할 수 있다고 한다면 그건 아마 당신보다 20년 이상 오래 그 일들을 해왔기 때문일 거예요. 노력이 쌓인 거라기보다는 수치(羞恥)가 쌓였다고 해야 할까. 창피를 당하면 다음에는 좀더 조리있게 말하고, 좀더 잘 쓰기 위해, 그리고 통찰력을 넓히려고 노력을 해왔어요. 그런 20여 년이 누적된 위에 지금의 내가 있는 겁니다. 글쎄요, 그것을 모두 햇수로 치자면 40년이라구요. 보세요, 태어났을 때부터 내가 65세였던 건 아니잖아요. 10대 때도 있었고, 20대 때도 있었고, 25년 전엔 당신과 비슷한 나이였어요. 그 무렵의 나는 당신만큼 당당하지 못했죠. 딸애한테 늘 의존심이 너무 많다고 비판을 받았거든요. 내게도 마흔세 살 때가 있었다는 걸 잊지 말아요."

진지한 얼굴로 선생님은 이렇게 말씀하셨다. 그야말로 눈이 번쩍 뜨인다는 건, 바로 이런 때를 두고 하는 말이리라.

'그래, 그랬었구나. 선생님께도 마흔세 살 때가 있었어.'

이 일을 계기로 최고의 모델로부터 배우는 건 결과가 아니라 그 과정이라는 사실을 깨달았다.

자신의 모델로부터 결과만을 구했을 때 인간은 콤플렉스라는 함정에 빠진다는 것을, 그분은 경솔한 후배에게 가르쳐 주셨던 것이다.

15여 년 뒤, 선생님의 그 말씀과 비슷한 내용의 얘기들을 나는 다소 부끄러움을 느끼며 경솔한 후배들에게 들려주고 있다.

겉보기엔 나도 완성된 인간처럼 보일 수 있는 나이에 도달한 탓인지, 나를 동경의 대상으로 삼는 여성들이 종종 있다. 바로 얼마 전에도 그런 사람들과 만났었다.

어느 초등학교 육성회에서 강연을 했을 때의 일이다.

끝난 후 임원들과의 간담회가 있었는데 거기서 어떤 사람이 '정말 부러워요. 어쩜 그렇게 사람들 앞에서 당당하게 말씀도 잘 하세요? 2시간이 언제 지났는지 모르겠어요. 도중에 일어서는 사람도 하나 없던걸요. 그 화술은 타고나신 모양이에요. 저처럼 본래 말재주가 없는 사람은 그저 존경스러울 따름입니다.' 라며 최고의 칭찬을 늘어놓았다.

그것만으로도 얼굴이 화끈거릴 판인데, '정말 넋을 잃고 들었습니다. 평범한 저희들과는 역시 다르세요. 저 같은 사람은 가슴이 두근거려 10분도 끌고 나가기 힘들 텐데 2시간을 전혀 지루하지 않게, 그러면서도 자신의 생각을 분명히 전하시더군요. 정말 대단하세요.' 라는 말을 연신 듣게 되자 도저히 침착할 수가 없었다. 당황해서 손까지 내저으며 더듬거리듯 말했다.

"천성적으로 말을 잘 하다뇨, 그건 정말 잘못보신 겁니다. 저는 오히려 말을 잘 못하는 편이었어요. 벌써 수년이 지난 일이지만, 처음 강연을 할 때였어요. 너무 주눅든 나머지 머리 속이 정말 새하얗게 되버렸죠. 2시간 예정으로 나갔는데, 40분밖에 할 수가 없었어요. 강의를 들으러 와주신 분들과 주최측에 사죄하고 또 사죄를 하고……. 집에 돌아와 현관에 발을 들여놓는 순간, 눌러 참았던 창피함과 자기 혐오가 그대로 폭발해 아이처럼 엉엉 울어버리고 말았지요."

그러자 모두 설마 하는 표정들이었다. 단순한 겸양의 미덕이나 평범한 사람들에 대한 위로 정도로 받아들이고 있었기 때문일 것이다. 그러나 이 얘기는 거짓없는 사실이다.

자기에게 투자해야 미래의 인생이 열린다

좌절은 지혜를 낳는다

내가 처음 강연 의뢰를 받았던 것은 서른여덟 살 때, 요코하마에 있는 구청에서 들어온 것이었다.

"'미래를 위한 여성의 삶'이라는 주제로 잘 좀 부탁합니다." 전화 의뢰를 받았을 때는 하늘로 날아오를 듯한 기분이었다. 12년간 근무했던 도에이(東映)를 나와 '도에이의 누구누구'의 '~의' 자를 빼고 순전히 내 이름만 걸고 일하기 시작한 것은 우연하게도 도약 시대로 들어선 서른다섯 살 때였다.

그만두고 싶어서 그만둔 것은 아니었다. 일찍이 시대극의 제왕으로 전성기를 누렸던 도에이가 텔레비전의 출현으로 사양길을 걷다가, 마침내 대량 인원 감축을 단행하게 된 것은 사퇴 전해의 일이었다.

그 무렵 나는 노동 조합의 초대 여성 부장직을 맡고 있었다. 당연히 노동 쟁의가 일어나고 집행부의 일원으로 나 역시 감원을 철회시키기 위해 안간힘을 쓰고 있었다. 하지만 어느새 제2조합이 결성되어 버렸고, 일시에 모두 그쪽으로 몰려갔다.

젊은 혈기 하나로 완강히 버티며 제2조합 가입을 거부했지만 그로 인해 사표를 내야 했다.

30대는 아직 젊은 혈기로 멋지게 밀어붙일 수 있는 원기가 왕성한 시기이다. 정의감도 있고 순수함도 있다. 정색을 하고 대들기도 한다. 30대에 이미 세상을 다 산 듯한 얼굴을 하고 있다면 이미 정신은 노화되어 버린 것이다.

도에이를 나옴으로 인해 '~의' 자가 빠진 혈혈 단신이 된 나는 우선 돈 벌 곳을 찾지 않으면 안 되었다. 그러던 중 여성 주간지에 톱 기사거리를 대는 일을 하게 되었고, 이것은 제2의 일이 되었다. 물불 안 가리고 써대는 나날은 따분하기 그지없었다.

제2조합으로 몰려간 사람들에게 '그것 봐, 도에이 없이 뭘 하겠어.'라는 말따윈 절대 듣지 않겠다는 패기에 찬 집념이 자극이 되었다.

또한 남편의 반대는 때때로 최고의 채찍질이 되기도 한다. 모든 사람에게 인정받고 축복 받으며 새로운 인생에 나서는 것은 분명 행복일지 모른다.

그러나 '당신 혼자 뭘 하겠어.' 라는 남편의 반대를 무릅쓰고 나선 출발은 남편에게 그것보란 소린 안 듣겠다는 30대 젊은 혈기의 고집에 최대의 자극이 되기도 한다.

그런 고집을 노골적으로 드러낼 기회가 주어지지 않았다면 오늘의 나는 없었을지도 모른다.

'그것보란 소린 절대, 무슨 일이 있어도 안 듣겠다.' 며 늘 한결같이 써온 수기(手記)에 부인공론의 독자상이 주어진 것은 서른 일곱 때.

그 뒤로 조금씩 조금씩 원고 의뢰가 들어오기 시작했다. 하지만 원고료는 새발의 피. 그렇다고 더 이상 톱 기사거리를 대기 위해 마구 써대기는 싫었다.

친구 어머니가 경영하는 바의 카운터 일도 보고, 친구의 추천으로 미일(美日) 회화 학원의 비서과에서 여성사도 가르쳐 가며 온갖 일로 돈을 벌고 있었다.

그리고 한편으로 문화 센터의 전신인 주부 교양학교, '라이프 칼리지' 를 이끌고 있었던 것이다.

취재로 만나는 주부들은 대개가 이 무렵부터 새로운 인생에 대응하지 못해 고민하고 있었다.

같은 여성으로서 그들의 새 출발에 조금이라도 도움이 될 수 있기를 바라는 마음에서 시작한 것이 바로 '라이프 칼리지' 였다.

문학은 스미이 스에 씨와 세토우치 하루미 씨, 경제는 미노베 료키치 씨와 나가스 가즈지 씨, 법률은 호시노 야스사부로 씨, 정치는 오타쿠 소이치 씨. 지금 생각하면 25년 전의 이 분들도 아직 혈기 왕성한 시기였던 탓일까, 적은 강사료에도 불구하고 열심히 강의해 주셨다.

후에 도지사가 된 미노베 씨를 만났을 때 '아무리 그래도 그 때 강사료는 너무 싸지 않았나 싶네요.' 라는 말을 듣고 몹시 죄송스러웠던 적이 있다.

강좌에 참석한 인원은 50명 전후, 거듭되는 적자로 그것을 메우기 위해 이리저리 뛰며 그래도 5년은 버텼다.

힘은 들었지만 그 덕에 많은 것을 배울 수 있었고, 좋은 인간 관계도 가질 수 있었다.

그러나 그 무렵에는 앞날에 대한 전망도 불투명했고 스스로에 대한 확신을 가질 수 없었다.

"남편이 종종 그랬죠. '요시타케 데루코 씨는 너무 고지식하고 어딘가 여려 보여서 매스컴의 세계를 과연 잘 헤쳐나갈 수 있을지 걱정스럽다' 라구요."

훗날 오타쿠 소이치 씨의 부인은 내게 이렇게 말했다.

한창 자아 찾기 여행 중이던 도약 시대 초기 시절의 나는 아마도 겁먹고 주춤거리는 인상이 강했던 모양이다.

변명은 통하지 않는다

그 무렵, 나는 자료를 찾으러 오타쿠 소이치 씨의 서고에 자주 갔었다. 그 때마다 꼭 딸아이와 함께였다.

서른둘의 나이에 딸 하나의 엄마였던 나는 도약 시대에 한창 아이를 키우고 있는 중이었다.

취재나 모임에도 대개 아이를 동반했다. 아이 양육은 결코 어머니의 인생 출범에 방해가 되지 않는다는 것을 당시의 나는 몸으로 익혀가고 있었다.

남편은 병원을 들락거리는 환자였다. 지금 생각해 보면 인생에서 가장 힘겨운 시절이었었다.

그 힘겹던 시절에 나를 크게 변화시키려고 했고, 실제로 그렇게 되기도 했다.

'지금은 가정적으로도 너무 힘든 때라…….' 며 도약 시대로부터 발을 빼려고 하는 여성에게 '힘든 때라는 건, 다시 말해 변화를 간절히 원하는 때라고도 할 수 있죠. 그러니 자기를 더 쉽게 바꿀 수 있어요. 그만큼 간절하니까요. 게다가 전화위복으로 만들 수 있는 기회니 오히려 잘 된 게 아니겠어요.' 라고 등을 떠미는 데 그만 필사적이 돼버리는 건, 나 자신이 가장 힘들었을 때 나를 크게 변혁시킬 수 있었기 때문이다. 아니, 힘들었기에 그야말로 변혁이 가능했다는 확신을 하고 있다.

앞서 말한 강연 의뢰를 받은 날부터 강연 당일까지 그렇게 약

한달 동안을 나는 정신없이 그 준비에 매달렸다.

그 일환으로 여성의 삶을 다룬 책들을 닥치는 대로 읽고, 마음에 드는 글을 베껴 쓰며, 정말 꼼꼼히 원고를 완성해 나갔다.

그리고 계속해서 외우고, 또 다시 그것을 테이프에 녹음해 면밀히 검토했다. 출산 후부터 우리 집에서 함께 살게 된 도쿠라는 여성 보모를 앞에 앉혀놓고 실전 훈련도 거듭했다.

용의 주도란 이 때의 나를 위해 있는 말 같았다. 그 정도로 완벽하게 준비를 하고, 그 날 강연장으로 갔던 것이다.

"그러면 요시타케 선생님을 모시겠습니다."

사회자의 말을 듣고 연단으로 향하는 그 거리가 까마득하게만 느껴졌다.

겨우 연단 앞에 이르러 3백여 명의 참석자들 앞에 선 순간, 나는 완전히 주눅이 들고 말았다.

머리 속은 새하얀 공백. 그토록 치밀하게 준비한 강연 내용이 흔적도 없이 사라져 버린 것이다. 지금도 가끔 그 때의 악몽을 꾸고 식은땀을 흘리며 잠에서 깰 때가 있다. 그만큼 참담한 몰골이었던 것이다.

여하튼 필사적으로 연단을 잡고 무너질 듯한 몸을 지탱하며 뭔가 말 같은 것을 입으로 토해내고 있었다.

장내가 쥐 죽은 듯 고요해져 있던 것을 보면, 참석자들도 뭔가 이상한 낌새를 알아챈 것이 분명했다.

더 이상 내놓을 말이 없자 서툰 강연을 거듭 사죄하고 비척비

척 무대 뒤로 물러나온 것은 강연이 시작된 지 불과 40분. 주최
측에서 내민 사례금을 받지 않고 돌려주었지만, 다시 들이미는
바람에 거듭 사죄를 하고 집으로 돌아오는 길의 그 비참함을 뭐
라 형언할 수 있을까.

현관문을 열고 발을 들여놓는 순간, 억눌렀던 눈물이 왈칵 쏟
아져 목청껏 한참을 울었다. 창피하고 분했다, 그리고 비참했다.
스스로가 견딜 수 없이 싫었다.

울고 또 울며, 두 번 다시 강연은 맡지 않겠다고 굳게 결심을
했건만 2개월 뒤 나는 또다시 강연하러 나갔다.

말로 자기 표현 하는 일을 선택한 이상, 주눅드는 버릇이 있어
서라든가 말솜씨가 없어서라는 등의 변명은 통하지 않는다는 것
을 깨달았기 때문이다.

두 번째는 한번의 경험이 있는 만큼 다소 안정되긴 했다. 그렇
지만 이야기의 내용은 형편없었다. 참석자들의 시들한 표정이
그대로 느껴졌다.

그로부터 수백 회, 아니 천여 회 이상 강연을 해왔다.

마루오카 선생님 만큼은 아니지만 그야말로 창피를 무릅쓰고
타인에게 단련되며 오늘에 이르고 있다. 그러기까지 20년의 세
월이 필요했던 것이다.

노력이라는 이름의 지구력이 인생을 꽃피운다

하루하루, 한번 한번이 훈련

요즘은 말을 하면서 듣는 사람의 표정을 가능한 한 신중히 바라보려 하고 있다. 내 이야기를 어떻게 받아들이고 있는지 그 사람의 표정이 그대로 말해주고 있기 때문이다.

'저 사람은 조는 것 같다, 저 사람은 거부 반응을 일으킨다, 저 사람은 의문점이 있는 것 같다……'

표정으로 참석자의 속내를 읽어내면 이야기의 본질은 변하지 않아도 접근 방법을 달리하여 펼 수 있는 한 그들과 원만한 커뮤니케이션이 되도록 최대의 노력을 하게 된다.

강연이라는 것은 분명히 새로운 정보를 전달하는 역할을 하고 있다. 하지만 사실은 참석자의 표정에 의해 표현법을 훈련받고 있다고 해도 좋을 것이다.

'같은 말이라도 이런 표현을 쓰면 거부 반응이 일어난다. 이런 말투로 바꾸면 수긍하는 사람이 많아진다……. 그래, 다음에는 이런 말투, 이런 표현을 써보자.'

최근 20년간 이런 식으로 훈련해 온 덕에 서른여덟 때의 그 첫 경험에 비한다면 다소나마 화술다운 것을 익힐 수 있게 된 것 같다.

서른보다는 마흔, 마흔보다는 쉰 살로 나이를 먹어감에 따라 인간으로 성숙해 가야 보람있는 인생을 살았다고 할 수 있다. 그저 밥먹듯이 한살, 두 살 나이만 먹어간다면, 결국에는 무기력하고 성가신 노인의 신세를 면치 못할 것이다.

나이와 함께 거듭나기 위해서는 타인에게 단련될 기회를 가져야 한다. 타인의 존재에 대한 효용을 인정하는 것이야말로 성숙할 수 있는 길이다. 나는 사람들 앞에서 강연할 때마다 그들로부터 그 사실을 매번 배우고 있다.

육성회 임원들의 말처럼 다소라도 내게 말솜씨가 있다면 그것은 타고난 것이 아니라 훈련의 결과인 것이다. 창피에 창피를 당한, 그 길고 긴 과정이 있었기에 가능했던 것이다.

젊은 여성들 사이에는 결과에만 집착하고, 그 과정은 간과해 버리는 사람들이 많다.

'어머, 옷이 참 잘 어울리시네요. 전 엄두도 못 내겠어요.' 라는 악의 없는 말을 듣게 되면 나도 모르게 '그래요? 나도 2, 30대 때는 기성복만 입었는 걸요. 하지만 몇십 년 일해 오면서 환갑이 다 된 여자가 맘에 드는 옷 한 벌 사 입지 못한대서야 일할 힘이 나겠어요, 후배 여성들 기죽이는 일이지요. 그래서 큰 맘 먹고 신경을 좀 씁니다.' 라고 묘하게 변명 같은 말을 늘어놓곤 한다.

그러나 말이 변명이지 사실은 본심이기도 하다. 2, 30대 때는 분명히 여유가 없었다. 앞서도 말했듯이 내 남편은 병자였고, 20대 때는 오로지 내가 집안 경제를 도맡았었다. 서른둘에 딸애를 낳고 나서는 보모에게 지불하는 월급이 도에이에서 받고 있던 월급을 웃돌고 있었다.

도에이 시절부터 아르바이트를 하고 있었고, 그 무렵엔 보육 시설도 드물었기 때문에 남에게 맡길 수밖에 없었던 것이다. 평균수면 시간은 4, 5시간 정도 됐을까.

그래도 별로 힘들지 않았던 건 아이 양육 기간이 6년이라는 사실 때문이었다. 인생 80년 시대의 6년이란 짧지 않은가. 눈앞에 닥친 일을 고민만 할 것이 아니라 모든 것을 80년의 폭으로 생각하자고 훈련하고 있었다. 그리고 인생은 그렇게 쌓아가는 거라고 의연히 받아들이기도 했다.

말재주도 없었지만 글 솜씨도 서툴렀다. '이래서야 어디, 여대생 논문 같네.' 라고 되박딩하기를 여러 번. 본래가 고지식한 성격이라 한번 쓰고 나면 눈치 빠르게 고쳐 쓰지 못하고 번번이 퇴짜를 맞는다. 무려 8번을 다시 써냈던 적도 있다.

하지만 살기 위해서는 일을 해야만 하는 입장에 있었던 것이 강점이었다. 수없이 다시 쓰라는 명령을 받고도 그만두겠다고 할 수 없는 입장이 도움이 되었다고나 할까. 그렇게 창피에 창피를 거듭 당하며 때로는 분해서 눈물까지 흘리면서도 '날 써준다고 한껏 으쓱대는 저 거만한 편집자를 언젠가는 깜짝 놀라게 해주겠다.' 고 다짐하며, 30여 년을 꾸준히 써온 그 과정 위에 지금의 내가 있는 것이다. 아직 그 편집자를 깜짝 놀라게 해줄 정도까지는 못 됐지만 참고 견디면 복이 온다는 그 말대로 써나가다 보면 나름대로 모양새는 갖춰지는 법이다.

노력이라는 이름의 지구력

내가 좋아하는 작가 중에 우노 지요 씨가 있다. 젊은 사람들 중에도 부러울 만큼 평온하게 살고 있는 그녀를 좋아하는 팬이 많다.

우노 씨처럼 맘대로 살아보고 싶다던 후배가 있었다. 그녀는 우노 씨를 대단히 동경하고 있었다. 그렇지만 어쩐지 눈에 보이는 우노 씨의 외면만을 동경하는 듯하여 나는 냉정하게 '자네가 보기엔 우노 씨가 마음대로 사는 것 같겠지만, 그분만큼 젊을 때부터 자신을 절제하며 살아오신 분도 없을 거야. 만일 자네가 정말 그렇게 살고 싶다면, 그만큼 자신을 절제하며 살아야 할거라구.' 라고 말했다.

우노 지요 씨는 다작(多作)을 하는 분이 아니다. 오랜 세월에 걸쳐 하루도 거르지 않고 쓰는 것을 자신의 의무로 여겨오셨다. 글쓰는 일을 업으로 삼는 사람 중의 한 명으로서 나는 그 일이 얼마나 절제를 필요로 하는지를 잘 안다. 몸이 녹초가 될 때도 있고 펜을 보기조차 싫은 날도 있다. 꽤나 다혈질적인 나는 한달이고 두 달이고 펜을 잡지 않을 때도 있다. 그러다가 갑자기 하루에 30장을 써대는 날도 있다.

그러나 우노 씨는 아무리 몸이 지치고, 펜을 잡고 싶지 않은 날이 있어도 몸을 책상 앞에 붙들어매고 반드시 하루 한 장을 써낸다. 열 장, 스무 장을 쓰고 싶은 의욕이 들끓어도 한 장으로 그

친다.

하루 한 장을 쓰면 1년이면 365장, 10년이면 3650장. 50년 가까이 써왔다면 그야말로 천문학적 숫자에 이른다.

93세를 맞은 우노 씨가 조금도 꾸밈없이 활달하게 살고 계신 것은 그저 단순히 편하게 살아오셨기 때문은 아니다. 자신을 절제하며 살아온 그 과정 속에서 길러진 자기에 대한 확신이 남의 눈을 의식하지 않는 천의무봉(天衣無縫)의 평온한 현재를 만들고 있는 것이다.

그리고 또 한 사람, 가와즈 요시라는 어학의 달인을 좋아한다. 그녀는 현재 85세지만 지금도 매일 영어 원서를 탐독하고 있다. 한때 그분께 영어 강의를 받은 적이 있다. 교과서는 셰익스피어의 〈맥베스〉. 그런데 놀랍게도 그녀는 그 장편을 모조리 암기하고 있었던 것이다.

가와즈 선생님이 영어와 가까워진 것은 서른네살 때. 스물하나에 결혼했지만 병약한 선생님은 딸 하나밖에 아이를 갖지 못했다. 부모가 아이보다 먼저 죽음을 맞이하는 것이 세상의 순리지다. 그렇지만 병약한 가와즈 선생님은 자신의 건강을 그리 장담할 수 없었기에, 그 때부터 자립을 가정 교육의 기본으로 정했다. 그리고 아이가 초등학교를 졸업할 무렵 선생님은 건강을 되찾았고, 아이는 혼자서도 살 수 있을 만큼 자립심 강한 아이로 자라 있었다.

일찌감치 엄마 품을 떠난 딸아이의 성장에 기쁨과 허전함을 느끼던 선생님은 그 뒤로 자신의 인생에 투자해 보기로 결심했다.

그녀는 학창 시절, 특히 외국어 수업을 좋아해 여대 영문과에 진학하고자 했었다. 그렇지만 아버지의 강한 반대로 꿈을 이루지 못하고 결혼 후, 딸이 태어나자 아이에게 이루지 못한 자신의 꿈을 채우고자 다짐했다. 하지만 아이의 자립을 깨달았을 때, 그 생각은 완전히 바뀌었다.

'길지 않은 자신의 인생에 있어서, 이루지 못한 꿈을 아이에게 채우느라 낭비할 것이 아니라 내가 직접 실현하자. 자기에게 투자를 해야 미래의 인생이 열릴 것이다.' 이렇게 생각한 선생님은 영어 개인 교습을 받게 되었다.

20대부터는 기억력이 떨어진다. 따라서 선생님은 지구력을 무기로 했던 것이다. 매일 단어 하나씩을 익힌다. 초조해하지 않고 침착하게 하루 한 단어씩 암기해 나갔다. 10년간 하루 한 단어의 습관은 이어졌다. 그리고 다음 10년은 좋아했던 셰익스피어의 〈맥베스〉를 외우기로 했다.

그리고 65세의 나이에 사람들을 가르치게 되었다. 단순한 취미에서 남에게 도움을 주는 사회 활동으로 승화시킨 것이다. 그리고 80대가 된 지금까지도 그 활동은 여전히 계속되고 있다.

지금 가와즈 씨의 뛰어난 어학 실력을 접한 사람들은 다분히 타고난 것이라고 믿어 버릴 것이다. 분명히 천성적으로 영어를 좋아하긴 했다. 하지만 그녀가 현재의 어학 실력을 갖게 된 것은 오로지 노력이라는 이름의 지구력이었던 것이다.

인생의 상승 욕구는 힘든 여건에서 나온다

힘든 여건이 자기 변혁의 원동력

취미를 사회 활동으로 승화시켜 충만한 나날을 보내고 있는 우리의 선배들은 대개 결혼과 육아로 중단했던 일을 30대 중반부터 다시 시작하고 있다. 그들이 모두 가정 생활에서 행복했던 것은 아니다.

'아이가 일찌감치 자립해 고독했다. 남편의 이해가 없었다. 풍족하지 못했다…….'

어려운 형편은 제각각이지만 모든 점이 만족스럽지 않았기에 홉 스텝 앤드 점프의 인생을 가능하게 한 것이다.

'요시타케 씨는 부족한 게 없으시잖아요.' 라고 진지한 얼굴로 말하는 상담자가 많다.

이것은 다시 말해 '나는 부족한 것이 많다' 는 뜻일 것이다. 하지만 바로 그 점이 자기 변혁의 큰 원동력이 되고 있다는 것을 그녀들은 깨닫지 못한다.

만일 내가 모든 것을 완벽하게 갖추고 있었다면 내 인생을 크게 바꾸려고 생각했을까. 가능한 한 내가 가진 것이 영원하길 바라는 마음으로 변화를 두려워하며 오로지 현 상태를 유지하고자 안간힘을 썼을 것이 분명하다.

남편이 병자였기에, 돈이 없고, 재능에 자신이 없어서, 정말로 하고 싶은 일을 찾지 못해서, 인간으로서의 미숙함 등 물심 양면으로 어려움을 느낄 때가 많았기 때문에 나를 바꾸고 싶고, 보다 잘 살고 싶고, 어려움을 벗어날 수 있는 인생을 만들어가고 싶은 이른바 인생에 대한 상승 욕구를 강화시킬 수 있었던 것이다.

30대 중반에서 40대 중반에 걸쳐서는 인생의 상승 욕구가 가장 왕성한 시기였다. 따라서 자기 투자도 아끼지 않았다. 적자가 계속된 라이프 칼리지는 최고의 자기 투자였다.

호화 멤버의 강사진에 강의 내용도 충실했다. 수업료는 주 2회 강의로 한 달에 3천엔이었다. 그러나 주부였지만 탁월한 사무능력의 사무국 담당직원 두 명의 월급과 모집용 팜플렛 인쇄비, 그리고 그 밖의 만만치 않은 통신비 등으로 인해 50명 전후로는 전혀 수지가 맞지 않았다. 매번 강좌가 끝날 때마다 장부 끝에 빨간 글씨로 적힌 적자의 숫자를 보면서 그녀들과 긴 한숨을 토해내곤 했었다.

'지적 허영이다.' 라고 비난 섞어 말하는 친구도 있었고, '밑 빠진 독에 물 붓는 일은 그만 두세요. 차라리 그 돈을 따님 교육비에 쓰는 것이 훨씬 가치 있을 겁니다.' 라고 진지하게 충고해 주는 사람도 있었다.

지적 허영인 줄도, 밑 빠진 독에 물 붓는 일인지도 잘 알고 있

었다. 그 돈을 딸아이 교육비로 쓰는 게 더 나을 거라는 충고도
물론 틀린 말은 아니라는 것을 알고 있다. 그래도 고생고생하며
5년을 끌어온 것은 주 2회의 강좌가 내게 있어서는 사막의 오아
시스처럼 귀중하게 생각되었기 때문이다.

하지만 정말로 배움에 목말라했던 것은 그녀들이었다. 지금과
달리 그 시절에는 성인 여성이 무언가를 배울수 있는 곳은 전무
하다시피 했다.

그러나 결혼, 출산, 육아로 어지럽게 돌아가는 외적 상황의 변
화 속에서 허덕거리며 살아온 여자들 중에는 육아에서 해방되어
겨우 한숨 돌리게 되었을 때, 자신이 얼마나 배우는 습관에서 동
떨어져 있는가를 깨닫고 화들짝 놀라는 사람들이 얼마나 많은
가.

자신을 키워 나가고 싶은 인생에 대한 상승 욕구

사무실 일을 도와주었던 이시지마 하지코 씨도 그 중 한 사람
이었다. 그녀와는 취재로 알게 되었다. 내가 톱 기사거리를 대고
있던 여성 주간지에 '빈 둥지족' 이라는 제목의 특집을 마련하게
되었다.

'빈 둥지족' 즉, 아이가 자립한 뒤 허탈감으로 고민하는 전업
주부가 놓여 있는 상황을 특집으로 꾸미고자 하는 것이다. 편집

장인 친구의 소개로 취재에 응해준 것이 이시지마 씨였다.

그녀는 D대학을 졸업한 뒤, 곧바로 학창 시절의 애인과 결혼했다. 이듬해 아들을 낳고, 2년 터울로 딸을 낳았다. 내가 만났을 때 그녀의 나이는 서른여섯. 아들은 중 1, 딸은 초등학교 5학년이었다.

육아에 전념해 왔던 그녀는 아이들로부터 해방된 뒤의 공허함으로 힘들어하고 있었다.

아이들은 점점 자라고 있지만 내게는 아무런 변화도 찾아볼 수 없다. 이대로 가면 아이뿐 아니라 남편이나 세상으로부터도 외면당하게 될 것이다. 무리하게 아이를 통해 평가받고 싶다는 바람이 강해지면서 아이들의 얼굴만 보면 '공부해라' 는 말이 절로 나오게 되었다.

중1짜리 아들은 한창 사춘기를 맞고 있었다. 얼굴을 볼 때마다 녹음기처럼 반복하는 엄마의 '공부해라' 는 말에 진저리가 나 있었던 것일까. 어느 날 아들은 여느 때처럼 공부하라는 그녀의 말을 받아치듯 날카롭게 쏘아댔다.

"그렇게 말하는 엄마는 어때요. 공부는커녕 책 한 줄 읽지 않잖아요. 대학을 졸업한 게 맞긴 맞나요."

아이의 이 말은 그녀의 가슴을 파고들었다. 하지만 아이의 말대로 대학을 나온 뒤 제대로 책 한번 읽지 않았다. 게다가 공부는 완전히 뒷전으로 밀어두고 있었다.

적어도 학창 시절에는 지식욕이 왕성했었다. 호기심도 강했다. 그 당시의 나는 대체 어디로 가버린 것일까. 그녀는 그렇게 과거를 더듬다 깨달았던 것이다, 어머니라는 역할의 무서움을.

"아이를 키우다 보면, 어쩐지 내가 완성된 인간처럼 느껴지곤 합니다. 인생을 80년으로 봤을 때 2, 30대는 아직 미숙한 나이인데도 불구하고 말이죠. 배우고 성장해야 마땅한 시절인데도 아이들에게 이것저것 가르쳐주다 보면, 어느새 그 미숙함을 잊어버리고 맙니다. 그래서 공부하는 습관도, 나를 키우는 습관도 포기하게 돼버리는 거죠. 대학에서 배웠던 걸 밑천으로 산다면 30대 안팎에 바닥이 나버리고 맙니다. 무서운 일이라고 생각했어요. 무지한 채 산다는 건 인간임을 버린 거나 같은 일이죠. 이제 배울 곳이 절실히 필요하다는 걸 느낍니다. 본격적으로 배울 곳이 필요해요. 하지만 일본에는 이런 생각을 가진 여자들을 받아줄 곳이 없다는 겁니다."

이시지마 씨는 슬픈 얼굴로 말했다.

그 당시 나 역시 대학에서 배운 지식의 단편들이 바닥을 보이고 있었던지라 본격적으로 공부해 보고 싶다는 욕구를 느끼고 있던 터였다.

이 세상에는 알고 싶은 것, 모르는 것이 너무 많다. 특히 지식이라기보다는 지성이 부족하다는 데 불만이 커져가고 있었다. 공부해서 나를 키워 나가고 싶은 인생에 대한 상승 욕구가 들끓고 있었다.

"그래요, 우리끼리 한번 여자들이 배울 곳을 만들어 봐요!"

나도 모르게 이런 말이 멋대로 튀어나왔다.

이것이 라이프 칼리지를 출범시키는 계기가 되었던 것이다.

그녀와 둘이서 커리큘럼을 짜고 강사를 모으러 다녔다. 자금은 도에이의 퇴직금과 딸을 위해 저축하고 있던 교육비를 모두 투자했고, 이시지마 씨는 아이 명의의 정기 적금을 해약해서 넘겨주었다.

자신에게 탐욕스런 시대, 탐욕으로 자신을 키워라

투자는 아이가 아니라 자신에게 하자

대학은 아이가 스스로 벌어서 가면 된다. 아이를 투자의 대상으로 삼아서는 안 된다. 한때 아이를 위한 교육은 재형 저축(근로자 재산형성 저축)이라는 말이 유행했었다. 어느 학원 운영자가 먼저 쓰기 시작했다고 하는데, 그 재형 저축이라는 말이 자꾸 마음에 걸렸다. 아이를 위한 교육이 재형 저축이라는 것은 결국 아이에게 어떤 형태로든 이자를 붙여 본전을 만회하겠다는 뜻이 아닌가. 그것은 곧 아이의 인생을 부모가 원하는 대로 끌고 가겠다는 말과 다를 바 없을 것이다. 부모가 깔아놓은 레일 위에서 오로지 달리기만 하는 아이의 불행을 취재를 통해 많이 접했던 만큼 아이를 투자의 대상으로 보는 풍조에서 멀리감치 떨어지고 싶었다.

무리를 해서 교육비를 많이 투자하면 그만큼 본전을 찾고 싶어지는 게 인간의 마음일 것이다. 배우는 것은 누구를 위해서가 아니라 자신을 위한 것이다. 게다가 대학을 나오는 것으로 배움이 끝나는 것은 아니다.

딸아이가 평생 학습을 인생의 기본으로 알고 살아가길 바랐다. 아이에게 필요 이상의 교육 투자를 해서는 안 된다. 오히려 그 부분을 조금 아끼더라도 자기 투자를 듬뿍. 이러한 좌우명에 따라 아이의 대학 등록금용으로 저축하기 시작한 돈을 깨끗이 찾아버렸던 것이다.

대학은 자신이 벌어서 간다—이것이 어느새 부모 사식긴의 암묵적 이해 사항이 되고 있었다. 아이는 대학에 진학했다. 고교 시절 여름 방학 때, 빵집에서 일하며 입학금과 한 학기 수업료를 미리 마련해 놓고 있었다. 입학 후에는 조각 모델로 수업료를 충당했다. 2년만에 대학을 중퇴하고 간호 학교에 다시 들어간 아이는 지금 시립 병원의 내과 병동에 근무하고 있다. 간호사는 인간의 생사를 다루는 일이다. 이런 일을 통해 철학에 관심을 갖게 된 딸아이는 현재 야간 대학에 들어가 인도 철학을 전공하며 간호사 일을 계속하고 있다.

교육 투자에 인색했던 것이 오히려 딸애의 인생을 풍부하게 만들었다고 봐도 좋을 것이다.

아이의 교육비는 아끼더라도 자기 투자는 듬뿍. 이런 나의 좌우명에 이시지마 씨도 진심으로 손을 들어주었다.

지인(知人)이나 친구를 통해 3백 부의 입학 안내장을 보냈다. 그리고 모인 것이 53명. '빈 둥지족 여성' 들이 대부분을 차지하고 있었다. 몇몇 여자들은 배울 곳을 만들어 주어서 정말 감사하다며 고개를 숙이기도 했다.

"정말 잘 됐어요."

이시지마 씨와 나는 어느새 얼싸안고 소리치고 있었다.

첫날 강의는 미노베 료키치 씨의 경제학 입문이었다. 그는 당시 이해하기 쉬운 말로 경제학을 가르치는 학자로 주부들 사이의 인기는 대단했다. 부드러운 말투로 알아듣기 쉽게 천천히 들려주는 강의 내용을 노트에 받아 적다보면, 어느 새 나는 학창 시절로 돌아가 있곤 했다. 미노베 씨의 말 하나 하나가 머리 속 깊이 스며들어갔다. 주변을 둘러보면 모두들 붉게 상기된 얼굴로 눈을 반짝거리고 있다.

거기에는 자신의 이름을 가진 개인들이 분명 존재하고 있었다. 배우는 것은 그야말로 본인 자신이다. 그것이 얼마나 자기 회복, 자기 확인에 있어서 최고의 방법인지를 그녀들이 증명해 주고 있었던 것이다.

배우는 기쁨에 이끌려, 여자들의 밝은 표정에 매료되어 이 일을 5년간 지속해 왔다. 문을 닫게 된 것은 누적된 적자 탓도 있지만, 나 자신의 일이 바빠진 때문이기도 하다. 그리고 다행스럽게도 여성들의 배움터가 각 지역에 하나둘씩 생겨나기 시작하고 있었다. 그래서 안심하고 접을 수 있었던 것이다.

이시지마 씨는 미노베 료키치 씨에게 부탁해 한 대학의 청강생이 되었다.

그 때, 그 나이만이 가능한 일도 있다

가녀린 풀처럼 여리기만 하던 이시지마 씨는 어느덧, 학문이라는 자양분을 듬뿍 흡수해 대지에 단단히 뿌리내린 떡갈나무 같은 여자가 되었다.

뿌리를 키우고 줄기를 살찌운 그녀는 스텝 시대인 지금, 나뭇가지를 풍성하게 가꿔가고 있다. K대학의 통신 교육으로 사회학을 배우고 있는 것이다. 연구 주제는 노인 복지. 장래 이것을 사회에 활용해 나갈 생각이라고 한다.

점프 시대의 그녀는 가지가 풍성한 거목이 되어 있을 것이다. 이 나무는 나그네의 비 그을 곳이 되주기도 하고, 뙤약볕을 가려 그늘도 만들어 주고, 새들의 보금자리가 되어줄 것이며, 시원한 바람을 보내주고, 때로는 꽃을 피우고 열매를 맺어 미숙한 인간들에게 큰 도움이 줄 것이다.

거목이 된 그녀에게도 분명히 동경의 눈길을 보내는 후배가 나올 것이다.

하지만 그녀도 날 때부터 대지에 뿌리를 내린 거목이었던 것은 아니다. 20대에서 30대에 걸쳐서는 가녀린 풀이었으며, 한때는 아이라는 나무에 붙어사는 기생목이 되려고 했던 적도 있다. 그러나 배움을 통해 자신을 다시 찾은 뒤로는 물도 주고, 영양분도 주며 정성껏 뿌리와 줄기를 키워 나갔던 것이다.

그리고 가지를 풍성히 가꿔 사람들에게 갖가지 기쁨을 주는 거목이 되기 위해 그녀는 20여 년의 세월을 노력해 왔다. 이런 착실한 과정이 그녀를 거목의 길로 이끌어 주고 있는 것이다.

"문화 센터에서 배우는 여자들을 '문화족'이라는 말로 조롱하는 풍조가 있지만, 저는 그게 마음에 들지 않아요. 배운다는 건 자기 회복의 첫걸음인 걸요. 과장되게 말하면 인간 회복의 첫걸음이라 할 수 있죠. 다만 배우는 것이 단순히 시간 죽이기로 끝나 버린다면 그건 일종의 타락이 될 수도 있겠지만요. 결혼, 출산, 육아의 이 10년 동안 저는 완전히 제 자신을 잃어버리고 있었어요. 그런 제 자신을 되찾기 위해서는 역시 그만큼의 세월이 필요했죠. 정말이지 자신에 대해 탐욕스러워지지 않았다면 한번 잃어버린 나를 되찾기란 좀처럼 쉽지 않았겠죠. 이 시대의 전 아마 다른 사람이 봤을 때 꽤나 자기 중심적인 사람으로 보여졌을 거예요. 하지만 자기 중심적으로 보일 만큼 나 자신에게 탐욕스러운 시대를 보냈기 때문에 뭔가를 배워 내 것으로 만들 수 있었다고 생각하고, 그렇게 되야 비로소 다음에는 남들에게 도움을 주며 사는 시대를 맞을 수 있다고 봅니다. 배우는 시간을 그저 하루 소일거리로 생각한다면 지루한 자기 중심 시대를 보내게 돼버리죠. 남에게 쓸모 없는 인간으로 사는 건 역시 일종의 타락이 아닐까 싶어요."

언젠가 이시지마 씨가 이렇게 말했던 적이 있다.

나는 크게 고개를 끄덕였다. 그녀의 생각에 전적으로 동의했기 때문이다.

자기 중심이라 할 수 있을 만큼 자신에게 탐욕스런 시대를 보냈기에 남에게 도움을 주는 시대를 맞을 수 있다는 이 말은 인생 80년 시대의 삶의 진수를 대변하고 있는 것은 아닐까.

도약 시대는 다시 말하면 자신에 대해 탐욕스런 시대이다. 아이라는 묘목을 키워낸 시대를 거친 뒤의 10년은, 말라죽어 가고 있던 자신이라는 나무에 물을 뿌리고 영양을 주어 지면에 단단히 뿌리 내리게 하고, 줄기를 살찌우는 자아 육성의 시대라고 해도 좋을 것이다.

나도 일찍이 내게 탐욕스럽던 시대를 말 그대로 탐욕스럽게 보내왔다.

이것도 해보고 저것도 해보고, 시행 착오를 거듭하며 오로지 진정한 나를 찾아 나 자신에게 자신을 가질 수 있는 자아 육성에 전력을 다해 왔다.

처음부터 환갑이 다된 이해심 많은 여자였던 게 아니다. 점차 발전적으로 살아가는 데 필요한 과정을 하나 하나 착실히 밟아 나가며 현재에 이른 보통 사람의 하나에 불과한 것이다.

분명 그 시대, 그 나이밖에 할 수 없는 일, 빈 둥지 시대이기 때문에 그야말로 할 수 있는 일, 아니 하지 않으면 안 될 일이 산 더미처럼 있다.

그것을 생략해 버리고는 절대 무슨 일이 있어도 점프 시대-거 목 시대-를 맞이할 수 없다.

일을 인생의 보람으로 삼기 위해

-여성 스스로가 밟아버린 일하는 길
-남에게 맡기면 문은 열리지 않는다
-일을 가지면 배우는 사람이 된다
-파랑새는 찾는 것이 아니라 스스로 키워 가는 것이다
-경제적 자립은 원하는 길을 선택하기 위한 필수 조건
-무슨 일을 해도 10년은 걸린다

여성 스스로가 밟아버린 일하는 길

자신에게 맞는 일, 보람있는 일

어느 날 A백화점의 액세서리 매장을 둘러보던 나는 세련된 초커(choker)를 발견했다. 19세기 말경의 작품을 복제해 놓은 듯한 그 고풍스러운 분위기와 뭐라 말할 수 없는 우아한 정취가 마음에 꼭 들었지만 충동적으로 사기에는 값이 너무 비쌌다. 그렇다고 간단히 단념해 버리기에는 아쉬운 매력이 있었다. 한참 망설이고 있는 내게 매장 담당인 듯한 40대 안팎의 여자가 살며시 다가왔다.

"한번 해보시고, 거울에 비춰 보세요."

전혀 강요하지 않는 말투로 선뜻 권하며, 그녀는 장식장 안에서 꺼낸 그 목걸이를 익숙한 손놀림으로 내 목에 걸어 주었다. 거울에 비춰 보자 제법 잘 어울렸다.

"아주 잘 어울리시네요."

기쁜 듯이 그녀가 말했다. 그 진실함이 느껴지는 목소리에 마음이 움직여 선뜻 구입하기에 이르렀던 것이다.

솜씨 좋게 포장한 목걸이를 건네며 그녀가 말했다.

"이렇게 일하게 된 건 요시타케 선생님 덕분이에요, 여기서 근무한 지 벌써 7년이 되었죠."

자세한 내막을 듣기 위해 폐점 후 근처 커피숍에서 그녀를 만났다. 이 사람이 바로 소에다 미쓰코 씨였다.

그녀가 살고 있는 요코하마 시의 어느 구청에서 〈여성과 일〉이라는 강좌를 맡았던 것은 7년 전의 일이었다.

당시 그녀는 서른다섯이었다. 결혼한 것은 스물둘. 고교 졸업 후 햇수로 4년, 아버지의 친구분이 경영하는 작은 회사에 근무하고 있었다. 부서는 서무과. 잡다한 일에 슬슬 싫증이 나기 시작할 무렵, 거래처 회사의 사원이던 현재의 남편에게 프로포즈를 받았다. 적령기가 되면 결혼을 해 가정을 꾸리는 것이 여자의 행복이라 생각했던 소에다 씨는 그의 제의를 흔쾌히 받아들였다. 결혼 후에 연년생으로 두 아이를 낳았다, 모두 아들이었다. 한동안 눈코 뜰 새 없이 살다가 문득 정신을 차려보니 아이들은 모두 중학생이 되어 있었다.

일 벌레인 남편과 학교와 학원으로 바쁜 아이들. 그녀는 하루의 대부분을 빈집에서 우두커니 보내게 되었고, 이렇게 내버려진 상태로 늙어가는 게 두려웠다. 바깥 공기를 마셔보고 싶었다. 연신 이름을 불리며 바쁘게 일하던 직장 시절이 그리워 견딜 수 없었다.

일이라도 가져볼까 하고 막연히 생각하고 있었을 때, 구청 홍보지 광고란에서 〈여성과 일〉이라는 강좌가 열린다는 것을 알았다고 한다.

"기억하세요? 강의가 끝난 뒤, 누군가 '일을 갖고 싶어도 좀처럼 내게 맞는 일을 찾을 수가 없어요. 어떻게 하면 내게 맞는 일,

보람있는 일을 찾을 수 있을까요?' 라는 질문을 했었죠. 그 질문
에 대해 선생님께서 하신 말씀에 자극을 받았죠. 그리고 신문에
서 A백화점의 파트 타임 주부 모집 광고를 보고 즉시 응모했어
요. 덕분에 7년이 지난 지금은 정사원이 되고, 고문이라는 자격
도 얻게 됐습니다."

소에다 씨는 다소 수줍은 듯 말했다. 그날 일은 이미 기억에
없었지만 뭐라고 대답했는지는 대충 짐작이 갔다.

일은 계속적인 것이다

그런 종류의 강좌에서는 언제나 '일을 갖고 싶어도 좀처럼 내
게 맞는 일을 찾을 수가 없어요. 내게 맞는 일, 보람있는 일을 어
떻게 하면 찾을 수 있을까요?' 라는 식의 질문을 받기 때문이다.
그 때마다 그냥 한번 해보는 소리가 아닐까 하는 생각이 먼저 고
개를 든다. 물론 일을 갖는 데 반대하고 있는 것은 아니다. 오히
려 적극 권하는 입장이다.

하지만 내가 그렇게 생각하는 건, 마치 요술 방망이를 두드리
면 원하는 것이 튀어나오듯, 일을 갖고 싶다면 어디선가 갑자기
내게 맞는 일, 보람있는 일이 튀어나오기라도 할 것처럼 쉽게 생
각하는 안이한 발상 때문이다.

"오랫동안 일을 안 했는데도 그렇게 쉽게 자신에게 맞는 일,

보람있는 일을 찾을 수 있다면 몇 년째 일을 해 오고 있는 남편은 어떻겠어요. 당신의 남편도 한번쯤 쉬어보고 싶단 생각을 하지 않았을까요. 일은 계속적인 겁니다. 누구나 신입 사원 시절에는 밑바닥 일을 하게 되어 있죠. 좋든 싫든 말입니다. 자신에게 맞는지, 보람있는 일인지, 그런 것과는 상관없이 여하튼 주어진 일을 해나가는거죠. 이런 밑바닥 시절을 몇 년쯤 보내야 비로소 자신에게 맞는 일이 조금씩 주어지게 되죠. 당신의 남편도 이런 형태로 현재에 이르고 있는 겁니다. 당신이 아무리 프로 주부일지라도 앞으로 일을 갖게 되면 신입 사원에서 시작하는 거예요. 그저 신참자일 뿐입니다. 그러니 밑바닥 일부터 시작하는 게 당연하지 않을까요. 10년 정도가 지나야 비로소 프로 사원이 되는 겁니다. 그 때부터 보람이라든가 자기에게 맞는 일도 찾는 거겠죠. 뭔가 특별한 전문 기술이나 지식이 있어 곧바로 기업에 공헌할 수 있다면 얘기는 또 달라집니다. 하지만 이렇다 할 능력이 없다면 우선 파트 타임부터라도 시작하십시오. 일을 가져보지 않으면 뭐가 자신에게 맞는지 알 방법이 없죠."

그날도 다분히 이런 식으로 대답하지 않았을까.

나는 파트 타임 추진자는 아니다. 파트 타임이라고 하면 뭔가 그럴 듯하게 보이지만 그 말을 풀이하면 임시 고용자, 즉 신분 보장이 되지 않고 언제 잘릴 지 모르는 저임금 노동자이다.

신문 광고란을 훑어보면 대개 남자는 정사원, 여자는 파트 타이머. 이런 현상에 늘 서글픔과 분노를 느끼곤 한다.

하지만 이런 현상을 만들어내고 있는 것은 여성들 자신이기도
하다. 소에다 씨도 그랬지만 일본 여성들 대개가 여전히 일을 결
혼할 때까지의 임시직으로 생각하고 있어서인지 심심치않게 결
혼과 동시에 주저없이 직장을 내던지고 가정으로 들어가 버린
다. 이렇게 되면 언제까지고 여자가 일하는 길은 탁 트인 대로로
간주되지 못한다.

뒷길은 산길처럼 좁고 험난하다. 독신 여성이든 맞벌이 여성
이든 일하는 길을 선택한 사람들은 뒷길을 대로로 만들기 위해
지금까지 얼마나 많은 노력을 해왔는가. 이러한 노력이 좀처럼
열매를 맺지 못하는 것은 여성 자신이 그 길을 짓밟아 왔기 때문
이다.

남에게 맡기면 문은 열리지 않는다

일하는 어머니는 자식을 사랑하지 않는다?

내가 아이를 키우던 시절, 맞벌이 여성은 지금보다 훨씬 열악
한 상황이었고, 세상의 비난도 거셌다. '열쇠 아동' 이라는 말이
상징하듯 맞벌이 가정은 마치 비행의 온상인 것처럼 간주되고
있었던 것이다.

딸애가 초등학교 3학년 때의 일이었다. 원고 마감 후, 한숨을

돌리며 2층 서재의 창가에서 무심코 아래를 내려다보자 현관 앞에 딸아이가 서 있었다. '아즈사'라고 목구멍까지 올라오던 소리를 황급히 억눌렀다. 아이가 연신 두 손으로 눈가를 훔치고 있었기 때문이다. 훔치고 훔쳐도 눈물이 계속 흘러나왔다.

눈치채지 않도록 숨죽이고 눈물을 삼키려 하고 있는 딸아이의 모습을 계속 주시했다. 겨우 눈물이 멈췄는지 아이의 모습이 사라졌다. 그리고 곧 '학교 다녀왔습니다.'라는 아이의 목소리가 들려왔다.

"어서 와라."

시침 뚝 뗀 얼굴로 나는 계단을 뛰어 내려가 아이를 맞았다. 눈이 빨갛게 충혈되어 있었다. 집에 들어오기 전에 필사적으로 눈물을 닦고, 내게 비밀로 하려고 했던 것은 아마도 눈물의 원인이 엄마인 나와 관련되어 있기 때문일 것이다. 아이의 갸륵한 마음을 다치지 않게 하려고 그 자리에서는 모르는 척했다.

그날 밤, 함께 욕탕에 들어갔을 때 '토끼 눈만 빨간 줄 알았는데 아즈사 눈도 빨갛네. 이상하다, 아즈사 눈을 토끼 눈으로 만든 게 누굴까.'라고 맞지도 않는 가락을 붙여가며 아이의 등을 스펀지로 쓱쓱 문질렀다.

"뭐야, 엄마. 내가 운 거 알고 있었어? 그럼 얘기해도 되겠다. 사실은 엄마한테 얘기하고 싶었어."

아이는 입을 쑥 내밀고, 울었던 이유를 내게 말해 주었다.

전날, 아즈사는 반 친구인 M짱과 대판 싸웠던 모양이다. 수영 선수를 하고 있던 아즈사는 힘도 세고 뚝심도 있다.

언젠가 담임선생님이 말하길 아즈사가 여자애를 들볶던 남자아이의 가슴을 쳤는데, 그 아이가 교실 뒤편까지 밀려가 버리는 바람에 그 아이가 다시는 여자애들을 귀찮게 하지 않는다고 했다. 남자애의 폭력에 눌리지 않도록 의식적으로 아이의 체력을 단련시켜 왔었다. 그래서 M짱과의 싸움에서도 압도적인 승리를 거두었을 거라는 건 쉽게 상상이 갔다.

이긴 쪽은 마음에 남는 것이 없지만, 진 쪽은 앙심을 품는다. 독불 장군인 아즈사와 달리 M짱은 학급의 절반을 이끄는 보스였다. 이날, 집으로 돌아오던 아즈사를 M짱이 친구들 몇 명과 기다리고 있었다. 말싸움은 M짱이 압도적으로 강하다.

"우리 엄마가 그랬어. 네가 폭력적인 건 너희 엄마가 아이보다 일을 더 사랑하기 때문이래. 너희 엄만 널 사랑하지 않는대. 그래서 일을 계속하고 있는 거래. 엄마한테 사랑받지 못하는 불쌍한 아이라고 우리 엄마가 그랬어."

M짱이 이렇게 말하자 다른아이들도 '불쌍한 아이래요.' 라며 놀려댔다고 한다.

여자가 일하는 길이 대로(大路)가 되도록

"M짱 엄마가 잘못 알고 있구나. 엄마가 우리 아즈사를 얼마나 사랑하는데."

나는 벌거벗은 아즈사를 꼭 껴안았다.

그리고 아이가 잠든 뒤, 나는 M짱의 어머니에게 일하는 어머니에 대한 편견을 버려 주십사하고 정중한 부탁 전화를 했다.

이것은 작은 예에 불과하다. 여러 차례 같은 여성들로부터 좋지 않은 소리를 들었었다. 지금도 육성회에 강연하러 가면 박수 소리 뒤로 맞벌이 어머니에 대한 비난 섞인 말이 같은 여성의 입에서 새나오는 것을 들을 때가 종종 있다.

일하는 여성의 길이 평탄하고 탁 트인 대로가 되어 있지 않으면 도중 승차도 불가능하다. 여자가 일하는 것이 당연시되고 있는 미국과 유럽의 여러 나라에서는 이미 본격적인 주부 재취업 제도를 확립시켜 왔다. 이렇듯 여자의 출산, 육아에 따른 직장과 가정의 이동을 배려한 재취업을 국가차원에서 보장해줌으로써 도중하차, 승차가 가능한 인생을 살고 있는 여자들이 얼마나 많은가. 그런데 왜 우리는 그런 도중 하차, 승차가 불가능한 것일까. 대답은 하나. 우리의 경우 아직도 결혼하면 가정에 들어가는 것을 당연시하는 여자들이 다수를 차지하고 있기 때문이다.

그리고 도중 승차를 뜻대로 할 수 없는 것은 사실 지금까지의 자신의 삶과도 무관하지 않은데 그것을 깨닫지 못하고 '내게 맞는 일, 보람있는 일을 찾을 수 없다.'며 불만스러워하는 여자들의 얼굴을 보면, 불끈불끈 화가 치미는 것이다.

불평만을 늘어놓기 보다 방법과 대안을 모색하며, 자신이 한 일에 분명히 책임을 지는 것이야말로 성숙한 여성의 참모습일 것이다.

일하는 여성이 다수를 차지한다면 자연히 여자가 일하는 길은 평탄하고 드넓은 대로가 된다. 보육원이 늘어나고, 출산 휴가 제도도 확립된다. 또한 본격적인 주부 재취업의 길도 열릴 것이다.

그러나 남에게 의지해 기다리고 있는 여자가 많으면, 몇 년을 기다려도 길은 열리지 않는다. 개개인의 여성이 일단 지금 일할 수 있는 곳을 확보해 간다. 파트 타임밖에 없다면 우선 그것부터라도 시작해 일하는 여자가 다수를 차지하는 시대를 하루라도 빨리 앞당기자. 이것이 자신에게 맞는 일, 보람있는 일을 찾을 수 있는 가장 확실한 방법일 것이다. 소에다 씨가 참가한 강좌에서도 나는 아마 이런 이야기를 누누이 했을 것이다.

참석자 중에 설사 한 사람이라도 좋다. 내가 한 말에 자극을 받고 실행에 옮겨준 사람이 있다면 강사로서는 그야말로 더없이 고마운 일이다.

일을 가지면 배우는 사람이 된다

자신이 일해서 번 돈은 자신에게 투자하자.

소에다 씨는 놀랍게도 강좌를 들은 지 사흘만에 A백화점의 파트 타임 모집에 응모했다.

일을 갖고 싶다는 생각은 막연했어도 그 속에서 상상하고 있던 모습은 제법 모양새 있는 일이었다.

잡지나 주간지에는 주부의 아이디어 사업 성공담이 한창 다루어지고 있었다. 식사 택배를 성공시킨 주부, 자연식 레스토랑의 주인이 된 주부, 주부 대리업으로 명성을 얻은 주부 등……. 그런 탈(脫) 주부의 활동을 자신의 모습에 오버랩시키고 있었다. 전문 기술을 익혀 성공을 거둔 탈 주부도 동경의 대상이었다.

분명히 이런 분야에서 훌륭하게 성공한 여자들이 늘고 있으며 이것은 이것대로 멋진 일이다. 하지만 모든 여자가 다 아이디어 사업으로 승부해 나갈 수는 없다. 여자란 여자가 모두 처음부터 전문 직종을 가질 수는 없는 것이다.

장래 전문직을 가지려 해도 그것을 위한 기술을 익히려면 앞으로 몇 년이 걸릴지 모른다. 수업료도 필요하다. 그렇다면 일하면서 기술을 습득하는 방법이 가장 이상적이다. 자신이 일해서 번 돈을 자신에게 투자하면 누구의 눈치를 볼 필요도 없고, 지속적으로 할 수도 있다.

어떤 일에나 밑바닥 시절은 있는 법이다. 지금부터 시작하면 밑바닥 시절을 거치더라도 자신의 능력을 발휘할 수 있는 시간이 충분하다. 서른다섯이라는 나이는 밑바닥 시절을 버틸 수 있는 체력도 기력도 젊음도 충분하다. 소에다 씨는 내 이야기를 돌이켜보면서 지금이 직업인으로 출발할 최고의 나이라는 판단을 내리고, 이 날부터 눈을 크게 뜨고 신문의 모집 기사를 샅샅이 훑었다. 그리고 발견한 것이 A백화점의 사원 모집 광고였다.

그녀는 빈집에 혼자 있기 싫어지면 종종 백화점에 가곤 했었다. 특별히 살 것도 없으면서 그 안을 어슬렁거린다. 그 중에서도 특히 액세서리 매장에 자주 가곤 했다. 쇼 케이스를 들여다보고 있으면 '뭘 찾으세요.' 하며 점원이 다가온다. 그저 눈요기를 즐기고 있다가 강압적으로 다가오는 점원을 보고 도망치듯 떠날 때가 많았다. 이런 직장이라면 지금까지의 체험을 살려 손님의 입장에서 대응할 수 있지 않을까 하는 자신감을 가지고 응모했던 것이다.

면접 때 그녀는 솔직하게 자신의 경험을 바탕으로 포부를 밝혔다. 1주일 뒤 채용 통보가 날아왔다. 그것을 보이며 남편에게 이해를 구했다. 혹시 막연한 단계에서 일을 갖겠다는 이해를 구했다면 반대를 했을지도 모른다. 그러나 분명한 채용 통보서를 본 남편은 '어!' 하고 놀란 표정을 짓더니 '당신도 아주 재주가 없진 않나 봐. A백화점 같은 대기업에서 오라는 걸 보면.' 이라며, 흔쾌히 찬성해 주었던 것이다. 다분히 A백화점이라는 이름이 한몫을 했을 것이다. 남자가 그렇듯이 여자가 일하는 곳도 사실 넓은 대로는 매우 탄탄한 기업을 말한다. 소에다 씨의 남편도 샐러리 맨이었다. 따라서 기업의 생리를 깨닫는 것도 빨랐을 것이다.

액세서리 매장의 체험담을 이야기했기 때문인지 배속된 곳도 그 매장이었다. 나이는 많아도 엄연한 신참자다. 입사한 1년여 동안은 어린 점원에게 매장 일을 배우는 입장에 있었다.

스물셋에서 서른다섯까지 12년을 전업 주부로 살아오는 동안, 사회적 감각이 녹슬어 버릴 대로 녹슬어 버렸다는 데 새삼 놀랐다.

그리고 1년간 가정에 머물러 있으면 그만큼 사회적 감각이 무뎌진다는 사실을 깨달았다. 그것을 회복시키는 작업의 괴로움도 그만큼 커진다. 적응 능력이 왕성한 나이니까 잘 견딜 수 있을 거라고 결심한 그 날, 바로 실천에 옮긴 자신에게 은근히 박수를 보냈다고 한다.

가장 힘들었던 것은 가지각색의 성격들을 가진 손님을 대하는 일이다. 같은 말을 해도 그대로 받아들이는 사람이 있는가 하면 꼭 비틀어서 억지를 부리는 사람도 있다.

지금까지 기껏해야 가족이나 이웃 사람과의 좁은 울타리 속에서 살아온 만큼 소에다 씨는 그 동안 자신이 사람은 각양 각색이라는 인간 관계의 기본조차 모르고 있었다는 사실에 새삼 놀라지 않을 수 없었다.

일하는 것은 성장하는 것

직장의 인간 관계도 매우 복잡하게 얽혀 있다. 열 명이 있으면 열 명의 인생 방식과 가정 형편 등이 모두 다르다.

옳고 그름을 재는 척도의 눈금이 좁아져 있음을 깨닫지 못하고, 아무렇지 않게 내뱉은 한 마디가 상대를 상처 입히는 경우도 있다.

직장에서는 남편이나 아이의 이야기는 금기 사항이다. 누구나 결혼을 한 것은 아니다. 독신 여성도 있고, 미혼모, 이혼녀, 남편과 사별한 사람도 있다. 또한 모두가 자상한 남편, 건강한 남편과 살고 있는 것은 아니다. 폭력 남편에 시달리고 있는 아내도 있고, 병약한 남편이나 신체 장애아를 데리고 다부지게 일하는 여성도 있다.

자신의 가정사를 예사로 떠벌리고 남편이나 아이에 대해 시시콜콜 얘기하는 것이 얼마나 상대를 상처 입히고, 살아가기 힘들게 만드는 일인가를 배운 것도 일하기 시작하고 나서였다.

일을 한다는 것은 인간 관계에 단련되고 자기 자신을 성장시켜 가는 것이다. 그리고 또 그것이 삶의 보람으로 이어져 가는 것임을 깨달음에 따라 일을 소중히 여기는 마음이 강해졌다.

시간 활용도 놀랄 만큼 치밀해졌다. 집에만 있었을 때는 24시간을 마음먹은 대로 쓸 수 있었던 만큼 시간이 남아돌면 되는대로 보내게 된다.

멍청하게 TV를 보다보면 어느새 5시를 훌쩍 넘기기가 일쑤여서 부랴부랴 저녁 준비를 할 때도 많았다. 시간이 남아돌고 있는데도 이상하게 늘어져 있는 탓인지 집안 일이 짐스러울 때조차 있었던 것이다.

하지만 24시간 중 통근 시간을 포함한 10시간 가까이를 규칙적으로 일에 할당하게 되고부터는 나머지 시간을 계획적으로 쓰게 되었다. 그렇게 짐스럽기만 하던 집안 일에도 재미가 느껴졌다.

긴장을 풀어주는 하나의 방법이 되었기 때문일까. 전보다 훨씬 바빠졌음에도 불구하고 책을 읽거나 공부할 시간을 갖는 여유까지 생겨났다.

직장 동료나 손님들과 좋은 인간 관계를 만들어 가기 위해서는 자기 자신이 성숙한 인간이 되지 않으면 안 된다. 사람들과 정신없이 부딪치면서 자연스럽게 그것을 터득한 소에다 씨는 갖가지 색깔의 인간에 대한 통찰력을 기르기 위해 책 읽는 사람, 배우는 사람이 되어갔다.

"일을 갖게 되고 나서 가장 좋은 점은 긴장감을 갖고 살아가게 된 것입니다. 가정에 틀어박혀 있으면 남의 눈에 드러날 기회가 없어 자기도 모르게 정신이 해이해지기 쉽죠. 그것이 입는 옷에도 그대로 드러납니다. 처녀 시절에는 제법 세련된 취향이었는데 이제 누구에게 보일 일도 없다 싶으니까 그저 손에 잡히는 대로 대충 걸치는 식입니다. 정신이 해이해지면 육체도 늘어지는 법이죠. 그러니 살만 찌는 겁니다. 하지만 일을 하게 되고 나서는 복장에도 신경을 쓰게 되었죠. 어차피 매장이 액세서리를 파는 곳이라 판매인이 다소는 멋에 관심이 있어야 하고, 단정한 복장을 하고 있어야지 그렇지 않으면 아무리 잘 어울린다고 말해도 이런 센스 없는 여자가 하는 말을 어떻게 믿나 싶어 손님도 살 마음이 생기지 않지요."

소에다 씨는 처음 얼마간은 월급의 대부분을 의상비로 사용했다고 한다. A백화점에서는 재취업 주부에게 유니폼을 입히지 않고, 동년배 손님에게 친밀감을 준다는 등의 이유로 본인 부담의 정장을 하라는 방침을 취하고 있다. 그러므로 더욱 센스가 요구된다. 너무 눈에 띄어서도 안 되고, 너무 촌스러워서도 안 된다.

패션 잡지를 보고 연구도 했다. 패션쇼 장에 가보기도 했다. 영화도 자주 보게 되었다. 높은 안목을 가진 손님을 보면 색상이나 코디법을 은근슬쩍 관찰했다. 액세서리에도 신경을 쓰게 되어 이런저런 액세서리점을 구경 다니며 디스플레이나 손님 대하는 태도를 머리에 새겨둔다.

그리고 소에다 씨는 집안에 큰 거울을 설치했다. 외출 전에 자신의 모습을 비춰보고 전체적으로 점검한다. 밝은 표정을 지으려고 항상 노력하고, 등을 쭉 편다. 이렇게 하면 긴장감이 온몸에 퍼진다고 한다.

"엄마, 점점 예뻐지네요."

아이들이 말했다. 점점 밝게 변해 가는 어머니를 보면서 처음에는 '며칠이나 가겠어요.' 라고 놀리던 아이들도 응원하는 쪽으로 돌아서게 되었다. 그리고 집안 일에도 협조적이 되어갔다.

파랑새는 찾는 것이 아니라
스스로 키워 가는 것이다

일하는 것은 인간 관계를 따뜻하고 풍성하게 만든다.

'일을 함으로써 좋은 의미로의 변화는 가족의 이해와 협력을 얻기도 해요.' 라고 소에다 씨는 말했다.

또한 남편의 돈이 아니라 자신이 번 돈으로 자기 투자를 할 수 있는 것이 너무 기쁘다고 한다.

남편을 암으로 잃은 친구가 있었다. 입원비를 보장하는 생명 보험에 들긴 했지만 입원기간이 길었고, 지불이 되기까지는 상당한 시간이 걸렸다. 일시적으로 돈이 궁해진 친구가 찾아왔다.

자기 명의의 저금이 있던 소에다 씨는 마음좋게 친구의 부탁을 들어주었다. 자신이 번 돈이라 친구의 부탁을 가볍게 들어줄 수 있었던 것이다. 이 때만큼 일하길 잘했다고 절실히 느꼈던 적은 없다고 한다.

돈이 궁한 사람에게 아무리 따뜻한 위로를 해봐야 오히려 비참함만 깊어지게 하는 경우가 많다. 좋은 인간 관계를 만들려면 때로는 돈을 빌려주는 등의 구체적인 행위가 필요하다. 그러나 남편의 월급만 갖고 산다면 남편의 눈치도 있고, 자신의 생활도 어려워진다. 이런 번잡스러움에 휘말리지 않으려고 나이 들면서 점점 초라한 인간 관계를 만들어가는 전업 주부들이 얼마나 많은가.

자신이 돈을 벌면 때로는 금전적으로 남을 도울 수 있다. 이것도 하나의 보람있는 일일 것이다. 이 사건을 계기로 절대로 일은 손에서 놓지 않겠다는 결심과 소에다 씨의 프로 의식은 더욱 연마되어 갔다.

세공반에 다니게 된 것도 이 무렵부터였다. 그 뒤로 액세서리 개인전도 빼놓치지 않고 다니게 되었다. 그러다 감각이 출중한 작가를 보면 상사에게 매장 진열을 추천한다. 그녀의 눈에 든 작품은 잘 팔렸다.

5년 후 정사원이 되었다. 그리고 반년 뒤, 고문으로 발탁되기에 이르렀던 것이다. 임시직으로 시작한 그녀였지만 자신의 노력으로 평범한 판매 일을 자신에게 맞는 일, 보람있는 일로 변화시키는 데 성공했던 것이다.

"파랑새는 찾는 것이 아니라 스스로 키워가는 겁니다. 임시직으로 출발한 당시 나이의 사람들을 보면 〈파랑새〉의 치르치르, 미치르 형의 주부가 여전히 많은 것 같습니다. 그분들에게 말해주고 싶어요. 출발이 빠르면 빠를수록 보통의 참새를 파랑새로 바꿀 수 있다고요."

후배 여성에게 충고 한 마디를 부탁하자 소에다 씨는 이렇게 대답했다. 그녀와 함께 채용된 주부는 15명이었다고 한다. 그 중 반수 이상이 1년 이내에 그만두었다.

'역시 주부는 안 되겠어요, 책임감이 없잖아요.' 라는 상사의 말을 들었을 때, 몸이 바짝 얼어붙는 것을 느꼈다고 한다.

일을 하게 되면 개인의 처신이 다른 여자들의 입장에도 영향을 미친다. 특히 여자는 여자라는 이유만으로 싸잡혀 취급당하기 때문에 개인의 언동이 여자 전체의 문제처럼 간주된다. 주부의 재취업 길을 좁히지 않는 배려가 개개인의 여성에게 얼마나 필요한 일인가.

상사의 말이 일하는 여자로서의 자각을 촉구했고, 소에다 씨는 일단 취직을 했으면 적어도 5년은 가야한다는 각오를 새삼 다지게 되었다고 한다.

그렇다면 1년 이내에 그만둔 여자들과 소에다 씨의 차이는 무엇이었을까. 우선 첫째는 일을 삶의 어떤 의미로 보느냐의 차이다. 1년 미만에 퇴직한 사람들은 일 자체를 사는 보람의 대상으로 보고 있었다. 그러므로 하루종일 서서 손님에게 판매하는 일 따위에서는 보람을 찾을 수 없었던 것이다. 하지만 소에다 씨는 달랐다. 그녀는 일을 삶에 보람을 주는 수단으로 보고 있었던 것이다. 일을 보람의 대상으로 보느냐, 수단으로 보느냐의 차이가 포기와 지속을 결정짓는다.

일하는 것은 물과 공기의 필요처럼 지극히 당연한 일이다.

나는 1931년생으로 그 시절 대학의 문은 여성들에게 굳게 닫혀 있었다. 문호가 열린 것은 한참 후의 일.

남성과 어깨를 나란히 하고 대학 문을 통과한 여대생 제1호 사진이 신문 지면을 크게 장식했고, 그것을 보며 1호 선배들에게 얼마나 감사를 했던가. 기회가 생겼을 때, 용기를 가지고 도전한 선배 여성이 있어준 덕에 다음 세대 여성들은 살기 편해졌다고.

우리는 제4호에 해당한다, 아직도 선구자적인 세대.

누군가가 아니라 바로 자신이 하지 않으면 안 된다는 생각이 강했던 나는 아버지에게 대학 진학의 허락을 구했다.

여자에게도 배울 기회를 보장한 헌법이 탄생했지만, 그렇다고 해서 여자가 학문을 하면 불행해진다고 오랫동안 믿고 살아오신 아버지의 여성관이 하루아침에 바뀔 리 있는가.

하지만 시대는 급변하는 양상을 보이고 있었다. 이런 시대의 변화를 아버지도 완전히 외면할 수는 없었던 것일까.

'대학 보내 주세요.' 라고 청하는 딸에게 아버지는 '여자가 학문을 하면 불행해진다는 내 생각은 여전하다. 그러니 돈을 대줄 마음은 전혀 없다. 하지만 네가 스스로 벌어서 가겠다면 그것까지 말릴 수야 없겠지.' 라고 대답하셨다.

당시 아버지의 일 관계로 우리는 나고야에 살고 있었다. 내가 가고 싶은 대학은 도쿄에 있다. 그 때도 수업료에서 생활비, 하숙비에 이르기까지 아르바이트로 충당한다는 것은 지극히 힘든 일이었다. 아마도 아버지는 정히 가고 싶으면 네가 벌어서 가라고 하면 기가 꺾여 단념할 거라고 가볍게 생각하고 있었을 것이다.

4, 5일을 곰곰이 생각했다. 그리고 마침내 일하면서 공부하기로 결심했던 것은 '우선 무엇이든 해보지 않으면 일의 승패는 알 수 없지 않는가' 라는 타고난 낙천주의가 이루어낸 결과였다.

또 하나는 여기서 희망을 포기한다면 '역시 여자는' 이라는 소리를 들어가며 멸시받을 것이다. 하지만 또한 이것은 여자의 의지를 가장 잘 보여줄 수 있는 일이기도 했다.

"일하면서 대학에서 공부하고 싶어요."

나의 대답이 아버지의 예상을 뒤집었던 것일까, 잠시 침묵을 지키던 끝에 아버지는 '그 정도의 결심이라면 해보거라.' 는 말로 마지못해 허락을 했다. 그렇지만 분명 부모님은 '되도록 떨어져주었으면…….' 하는 마음이 간절했을 것이다.

그러나 반대가 강하면 강할수록 무슨 일이 있어도 뜻을 이루고 말겠다는 나의 의지도 강해져만 갔다. 자연히 수험 공부를 하는 마음가짐도 달라졌다. 부모님의 반대가 역작용을 해 무사히 합격을 하게 되었다.

'합격했음. -데루코- ' 라고 다소 으쓱대는 전보를 치고, 야간 열차로 나고야의 집으로 돌아왔다.

'덕분에 합격했습니다.' 라고 인사하자, 아버지는 '잘했다' 는 말씀과 함께 내 앞에 두툼한 흰 봉투를 내밀었다.

"너 스스로 벌어서 가라고 했더니, 네가 그러겠다고 했지. 허나 넌 무일푼 아니냐. 이 봉투 속에는 입학금과 수업료, 그리고 3

개월분의 생활비와 하숙비가 들어 있다. 단, 여자가 대학에 가면 불행해진다는 내 생각에는 조금도 변함이 없다. 따라서 이 돈은 그냥 주는 게 아니라 빌려주는 것이니 차용 증서를 꼭 쓰거라."

아버지의 흐트러짐 없는 그 완고함 앞에서는 고개가 절로 숙여진다. 지금까지 어린애로 취급받던 딸이 아버지께 어른으로 취급받고 있다. 여기서 도망치면 여자가 체면을 잃는다.

아버지가 내민 차용 증서에 꼭꼭 새기듯 요시타케 데루코라는 이름을 힘주어 썼을 때의 내 모습을 지금도 가끔 떠올린다.

경제적 자립은 원하는 길을 선택하기 위한 필수 조건

일과 보람있는 인생의 상관관계

대학 4년을 용케도 견뎠다고 나 스스로도 감동할 만큼 부지런히 일하며 살았다. 가정 교사를 얼마나 했을까. 하지만 그 수입만으로는 부족했다.

그 무렵, 신바시의 토교(土橋) 옆에 '쇼 보트'라는 관서풍의 카바레가 있었다. 이름 그대로 건물 자체가 쇼 보트로 되어 있었다. 이 카바레의 주인이 같은 과 친구의 아버지였다. 마음을 굳게 먹고, 그분을 만나러 갔다.

'저 좀 써주세요.' 라고 부탁하는 내게 뚱뚱하게 살찐 카바레의 주인은 사무적으로 말했다.

"내일부터라도 나오게. 단, 내 아들 친구라고 해서 특별 대우는 하지 않겠네. 다른 웨이트리스처럼 대할 테니 그리 알게."

그분 역시 아버지처럼 완고했지만 사리가 밝은 전형적인 옛날 남자였던 것이다.

'쇼 보트' 는 웨이트리스들에게 '샌프란시스코 씨, 마르세유 씨, 시드니 씨' 와 같은 식으로 온갖 나라의 항구 이름을 애칭으로 붙여주고 있었다. 마침 내가 들어갔을 때는 유명한 이름은 하나도 남은 게 없어서 내게 붙여진 것은 우습게도 지바현 작은 어항의 이름인 이나게(稻毛)였다.

'이나게 씨, 이나게 씨, 4번 테이블' 이라고 확성기에서 불러 대는 촌스러운 이름에 풀이 죽어 그 테이블로 향하던 모습이 떠올라 지금도 전차가 이 역을 지날 때면 그리움과 부끄러움이 교차하곤 한다.

드레스도 자비로 마련하지 못해 만 2년간 보조역에 그치고 말았지만 일해서 번 돈의 일부로 아버지에게 진 빚을 조금씩 갚아 나갔다.

스스로 대학에 다니다보니 하루라도 빨리 사회로 나가고 싶었다. 그래서 4년 뒤 졸업을 앞둔 나는 졸업 논문을 일찌감치 끝내고 남은 기간은 아르바이트에 전력을 기울여 갚을 돈을 모았다.

졸업식을 마치고 집으로 돌아간 날, 나는 졸업 증서와 남은 빚을 아버지 앞에 내놓았다.

"너는 열여덟의 나이로 네 인생을 선택하고, 그에 대한 책임을 멋지게 완수했다. 그러니 앞으로 네가 어떤 인생을 선택하든, 내 아무 말 않으마."

새로운 인생의 출발선에 선 내게 이렇듯 최고의 인사말을 안겨주셨다.

아버지는 성격이 불 같았다. 비위에 거슬리는 일이 있으면 적당히 넘길 때가 없었다. 어릴 때부터 아버지는 무서운 존재였다. 그래서 아버지와 마주앉을 때면 언제나 눈을 내리깔았고, 제대로 말도 할 수 없었다.

그런데 어찌된 일일까. 이 날의 나는 똑바로 얼굴을 들고 주저없이 아버지와 시선을 마주한 채 이야기를 하고 있었던 것이다.

그것은 부모의 신세를 지지 않고 자력으로 살아온 데 대한 자신감에서 비롯된 일이었다. 부모 자식간이라도 대등한 인간 관계가 아버지와의 사이에 만들어져 있었다. 그래서 두려움 없이 정면으로 아버지의 시선을 받아낼 수도, 명확히 애기할 수도 있었던 것이다.

그리고 동시에 깨달았다. 내가 원하는 길을 선택하며 살고, 그런 나날이 쌓임으로써 보람있는 인생을 만들어갈 수 있는 것이라고. 아울러 원하는 길을 선택하기 위해서는 경제적 자립이 필수 조건이라는 것을. 만일 그 때, 어쩔 수 없이 아버지의 도움을 받아 편하게 살았다면, 아마 그 뒤에도 아버지의 눈치를 살피며 정말로 하고 싶은 일을 참고 또 참는 인생을 보내게 됐을 것이다. 그리고 현재의 나는 존재하지 못했을 것이다.

일과 보람있는 인생의 상관 관계를 이해했던 것이 나로 하여금 일하는 길을 선택하게 했던 것이다.

일은 보람있는 인생을 만들어내기 위한 필수 조건이기에 그 조건을 최고, 최선의 것으로 만드는 노력을 마다하지 않았다.

무슨 일을 해도 10년은 걸린다

내 것으로 만들기 위해서는 무슨 일을 해도 10년은 걸린다

지금의 남편과는 학창 시절에 결혼했다. 당시는 여자가 결혼 후, 가사를 전담한다는 사회 통념이 지금보다 훨씬 강한 시대였던지라 유부녀를 채용하는 기업은 어디에도 없었다. 그래서 별 수 없이 혼인 신고를 하지 않고 독신을 가장한 채 입사지원을 했다. 그러나 조감독 지망생으로 예능직을 지원해 합격했음에도 불구하고 예능직은 남자에 한한다는 불문에 따라 광고부에 배치되었다. 근대 산업의 선봉에 서 있던 도에이였지만 이렇듯 체질적으로는 매우 보수적이었다.

여사원의 근속 연수는 불과 3, 4년. 그렇게 단기간 근무하는 사람에게 책임있는 일, 보람있는 일이 주어질 리 없다.

만 3년간 서무 담당이라는 이름의 잡용직으로 남자 사원에게 차를 끓여주거나 담배 심부름, 서류 정리, 출장비 계산 정도의 일을 하게 되었다. 이런 일에 만족하고 있다가는 언제까지고 '직장의 꽃' 취급만 당하게 된다. 그 꽃의 수명은 아무리 길어봤자 4, 5년. 되도록 정년까지 직장에 단단히 뿌리내리고 싶었다. 그러기 위해서는 본격적인 광고 우먼이 되어야 했다.

직장 광고맨의 일들을 자세히 관찰해 돌아가는 사정을 대충 알게 되고 나서는, 분주해 보이는 광고 담당자의 일을 은근슬쩍 돕게 되었다.

시나리오를 남김없이 훑어보고 1000자 정도로 스토리를 정리해 넘겨주기도 하고, 포스터용 광고 문안을 모르는 척 책상 위에 놓아두기도 했다. 그러는 동안 주위 사람들에게 조금씩 인정받으며 자신의 위치를 확보해 나갔다.

이리하여 서무 담당에서 광고 섭외부로 그리고 입사 9년만에 일본 최초의 광고 프로듀서로 발탁되기에 이르렀다. 하지만 노동 쟁의 때문에 그 일을 내던지게 되었다. 그 뒤 앞서 말한 프리랜서 작가로 불안정한 세월이 이어졌지만 그 동안 무슨 일이든 잘 해냈던 것은 일을 보람있는 인생에 필요 수단으로 보고 있었기 때문이었다.

그러나 일 자체에 보람을 가질 수 있다면 그보다 더한 행복은 없다. 결국 이것저것 온갖 일을 해본 끝에 선택한 것이 말로 표현하는 현재의 일이었던 것이다.

이 일이 본업이 되기까지는 긴 세월을 필요로 했다. 하지만 계속해 나갈 수 있었던 것은 일에 귀천을 가리지 않고, 살기 위해 일했기 때문이었다. 단기간이지만 가정부를 했던 적도 있다.

선택한 일이 본업이 되었던 것은 40대 중반. 무슨 일을 해도 10년은 걸린다. 그래서 겨우 내게 맞는 일, 다소는 보람도 느낄 수 있는 일을 내 것으로 만들 수 있었던 것이다.

소에다 씨도 언젠가는 자신이 만든 액세서리를 중심으로 한 매장을 갖는 것이 꿈이라고 한다. 그러기 위해서는 인간 관계를 제대로 만들어 둘 필요가 있다. 자금도 모아야 한다. 그러기 위해 앞으로 최소 10년은 현재의 직장에서 일할 거라고 한다. 10년을 일한다면 꼭 마흔다섯.

서른다섯부터 일하기 시작했으니 그야말로 인생의 전환점에서 도약 시대를 맞을 수 있다.

그 때쯤 되면 1년 이내에 일을 포기한 여자들과의 차이가 선명하게 드러날 것이다.

자립한 남편과 아내의 결혼 60년을 위해

−일과 가정을 병행하기 힘들다는 여자의 변명
−주부가 일하기 위한 삶의 체크 포인트
−경제적 자립과 정신적 자립은 성인의 필수
−경제 자립의 출발은 30대 중반이 최고
−놓치지 마라! 부부 관계 회복에 몰두하는 시기
−활기찬 부부 관계 되찾는 법

일과 가정을 병행하기 힘들다는 여자의 변명

충동적인 제2의 인생 출발이 가져온 병폐

'그 때 그렇게 간단히 그만두지 않고, 그것을 시작으로 꾸준히 독립적으로 살 수 있는 인생을 걸어갔다면 좀더 다른 나를 발견할 수 있지 않았을까.' 라는 후회 섞인 푸념을 늘어놓는 40대 중반을 넘긴 상담자들의 발걸음은 여전히 끊이질 않는다.

올해 46세의 다다 마사 씨가 바로 그 주인공.

딸 둘 중 막내가 바로 얼마 전에 결혼을 했다.

그 막내 딸과는 함께 살 생각으로 2층을 개조까지 했지만 사위가 홋카이도로 전근을 가는 바람에 그 꿈은 사라지고 말았다.

큰딸도 남편의 일 관계로 현재는 오사카에 있다. 아이들에게 얽매어 남편과의 관계를 소홀히 해온 탓인지 언제나 부부 사이에는 찬바람이 불고 있다.

경제적으로는 부족함이 없다. 문화 센터에서 고전을 배우거나 수영 교실에 다니며 겉으로 보기에는 우아한 생활을 하고 있다. 그렇지만 모두가 남아도는 시간을 죽이기 위한 몸부림이다.

누구 하나 자신을 인정해 주거나 필요로 하지 않는 공허함 때문일까, 그녀는 어느새 음주 습관이 붙어 알콜 중독에 빠져 있었다.

다다 씨는 꼭 서른다섯 살 때, 인생을 다시 시작해야 겠다는 생각에 쫓겨 패션회사 체인점에 재취업 했었다.

하지만 가족과의 마찰이 끊이질 않아 겨우 10개월만에 그만두고 말았던 경험이 있다.

"제게는 일과 가정을 병행하는 게 적합하지 않았습니다."

하지만 찬찬히 그녀의 애기를 들어보면 적합하지 않았던 것이 아니라, 제2의 인생 출발이 너무나 충동적이었다.

다다 씨는 집안 일을 완전 독점하고 있었다. 본래 정력적인 사람이었던 탓에 그만큼 남에게 인정받고 싶고, 필요시 되고 싶은 욕구도 강했다.

그녀는 남편은 물론 딸들에게도 일체 집안 일을 손대게 하지 않았다. 그 덕분에 그녀의 딸들은 중학교에 들어갈 때까지 전기밥솥 사용법조차 몰랐다고 한다.

'엄마가 없으면 너희들은 굶어 죽겠구나.' 라고 놀리듯 말하면서도·그 사실에서 은근한 가슴 뿌듯함을 느끼는 날들을 그녀는 나름대로 만끽하고 있었을 것이다.

그러던중 큰딸이 중3이 되었을 때였다. 육성회가 주최한 강연회에 참석한 그녀는 〈미래의 여성의 삶〉이라는 여성 작가의 강연을 감명 깊게 들었다.

강사는 자녀 양육이 끝난 뒤 자기 부재의 상실감으로 고민하다가 한때는 원형 탈모증에 걸리기도 했다고 한다.

인생의 긴 앞날을 생각했을 때 이대로 어물쩍 나이를 먹어서는 안 되겠다 싶어 진정한 나와 만나기 위해 가슴속에 묻어두고 묻어뒀던 생각을 필사적으로 쓰기 시작했다. 그녀는 이것이 자신이 작가가 된 계기라고 하면서 자녀 양육에서 해방된 30대 중반에 진정한 자신과 만나는 노력을 했는가가 그 뒤의 인생을 결정한다는 말로 강의의 끝을 맺었다.

20대 전반에서 30대 중반까지는 아내, 어머니, 때로는 며느리라는 역할 학습과 실천 시대, 30대 중반부터는 자신을 찾고, 키우는 시대라는 그 작가의 말에 당시 막 서른다섯 생일을 맞은 다다 씨는 생각하게 되었다.

'나와 같은 30대의 나이에 그녀는 진정한 나와 만나기 위해 자신의 내면으로 들어가 원고지의 칸을 글자로 메워나가는 작업을 하고 있었다. 그렇지만 나는 희희낙락하며 집안일 속에 나를 매몰시키고 있었다. 아무리 남편과 아이에게 애를 써도 이미 그것을 당연하게 받아들이고 있는지 고맙다는 말 한마디 없다.'

그리고 마치 세탁기나 전기 밥솥이라도 보는 듯한 가족들의 무표정한 얼굴이 갑자기 눈앞을 스쳐지났다.

순간, 자신이 시대의 열차를 따라가지 못하고 있는 듯한 초조함이 일기 시작했다. 그리고 살고 있다는 실감으로 가득찬 생활과 시대의 열차에 뒤질 순 없다는 강렬한 욕구에 휩싸이게 된 것이다.

갑자기 내버려진 가족의 당혹감

본래 정력적인 사람인 만큼 그녀는 앞을 향해 달리고자 하는 자신을 조절할 수 없었다.

그녀는 자신이 자주 드나들던 패션회사 체인점의 여성 지점장이 했던 말을 떠올렸다.

'다다 씨는 패션 감각이 뛰어난데다 성격도 밝고 사교적이어서 다다 씨 같은 분이 매장에 계시면 손님이 훨씬 늘겠어요. 그리고 2, 3년 뒤에는 충분히 혼자서도 매장을 꾸려나가실 수 있을 것 같네요.'

이튿날 다다 씨는 지점장을 만나러 갔다.

"어머, 다다 씨, 정말 잘 생각하셨어요."

지점장은 그녀를 반겨 맞았다. 그리고 놀랍게도 그녀가 당장 그날부터 체인점에서 일할 수 있도록 편의를 제공했다.

매장일은 사교적인 다다씨의 성격에 더할 나위 없는 일이었다. 패션 감각에도 자신이 있었다. 그녀가 권하면 뜨내기손님이라도 그냥 가는 법이 없다.

"내가 보긴 잘 봤네요. 다다 씨 덕분에 매상이 껑충 올랐어요."

지점장은 기분 좋게 웃었다.

'이 매장에 나는 없어서는 안 될 존재다.' 라는 생각에 일도 더욱 신이 났다. 폐점 뒤에도 쇼윈도 장식이나 매장에 관한 협의, 때로는 거래처 사원이나 지점장과 식사를 하고 밤늦게 귀가하는 날이 많아졌다.

그로 인해 지금까지 엄마에게 모두 의지해 살아온 딸들은 갑자기 엄마로부터 내버려지고 말았던 것이다.

'이제 중학생 정도면 다 크지 않았니. 저녁 정도는 알아서 먹을 수 있잖아.' 라고 해도 지금까지 부엌일 한번 해본 적이 없는 딸들은 된장국 하나 변변히 끓일 줄 몰랐다.

지친 몸으로 돌아오면 배를 곯고 있는 남편과 아이들이 잔뜩 부은 얼굴로 그녀의 귀가를 애타게 기다리고 있다. 들어오기가 무섭게 식사를 준비한다.

밥까지 대충 때우게 할거냐는 남편의 불평에 '나도 놀고 있는 게 아니잖아요. 모든 걸 나한테 미루면 대체 날더러 어쩌란 말이에요.' 라고 대꾸해 보지만, 어느새 집안에는 어색한 공기가 감돌게 되었다. 어느 날 밤, 남편은 일과 가정 중 하나를 택하라는 최후의 통첩을 들이밀었다.

자립할 정도의 월급을 받고 있는 것도 아니다. 다다 씨는 점점 가족과의 갈등에 지치기 시작했다. 일에도 열의가 식어갔다. 지점장과의 사이도 자연히 서먹해져 갔다.

마침내 열 달 뒤 다다 씨는 '가정과 일을 병행시키기가 쉽지 않네요. 제게는 맞지 않은 것 같아요.' 라는 말을 남기고, 직장을 떠났다. 그 뒤 두 딸을 보람으로 여기며 살아온 다다 씨는 딸이 결혼한 뒤, 허전함을 견디지 못하고 전형적인 알콜 중독자가 되어 버렸다.

그녀가 일과 가정을 병행하는 데 적합하지 않았던 것은 아니다. 단지 자립에 아무런 준비와 대책없이 너무도 충동적이었던 게 실패의 요인이 된 것이다.

주부가 일하기 위한 삶의 체크 포인트

가족이 주부의 부재에 익숙해질 때까지

소에다 미쓰코 씨는 남편과 아이들이 집안 일에 자립할 수 있는 기회를 완전히 빼앗은 채 살아오지 않았다.

남편은 휴일이나 일요일에 취미로 요리를 하고, 아이들도 가족의 일원으로 집안 일을 돕는 습관이 배어 있었다.

가사를 오픈하기 위해 가족 모두 알 수 있도록 쌀이나 조미료, 조리 기구, 식기를 잘 배치해 놓고 있었다.

따라서 결심을 하고, 곧바로 일을 시작할 수 있었던 것이다. 그런 자신을 가족에게 이해시키는 순서도 정확히 밟았다.

채용 통보를 받은 날, 그녀는 쌀집이나 음식점, 그리고 병원 등의 전화 번호를 보기 쉽게 메모해 주방 벽에 붙이고 갖가지 조미료 용기에 내용물을 적은 스티커를 붙였다. 그리고 냉장고에 1주일분의 먹을 거리를 준비해 놓는 등 가족의 생활 리듬이 깨지지 않도록 만반의 조치를 다해놓고 있었던 것이다.

주부의 부재(不在)에 익숙해질 때까지는 재미난 화제를 가득 안고 퇴근 시간이 되면 곧장 귀가한다. 이렇게 순서를 밟아 점차 일에 비중을 두어갔던 것이다.

일을 하기로 결심했다면, 우선 다음과 같은 것들을 체크해 볼 필요가 있다.

지금까지 남편이나 아이와 어떤 관계를 맺어 왔는가. 가사를 독점해 왔는가, 오픈해 왔는가. 아이를 과보호해 왔는가, 적절한 거리를 유지해 왔는가. 자신의 삶에 대해 이야기한 적이 있는가, 없는가. 아울러 주변 사람들과의 관계를 중시해 왔는가, 그렇지 않았는가……,

그리고 만일 가사를 독점해 왔다거나 아이를 과보호했다. 자신의 삶에 대해 한번도 가족과 이야기한 적이 없다. 주변 사람들과의 관계를 소홀히 해왔다면 일단 들뜬 마음을 일단 가라앉히고, 1년 계획으로 ○를 ×로 바꾸기 위해 노력하는 준비 시간이 필요하다.

전업 주부 시대가 일루라고 한다면 일하는 주부 시대는 야구에서의 이루라고 말할 수 있다. 가정과 일을 병행시키기 위해서는 가족은 물론 주변 사람들의 협력이 반드시 필요하다. 이러한 협력 체제, 즉 이루의 순서를 무시하고 달려가면 야구의 폭주(暴走)처럼 베이스에 발을 대기도 전에 아웃 선언을 받게 된다.

다다 씨도 차분히 순서를 밟아 점차적으로 일에 비중을 두어갔다면 40대 중반에 알콜 중독 따위에 걸리는 일은 없었을 것이다.

폭주하다 아웃 선언을 받고 맥없이 가정이라는 이름의 더그아웃(dugout:야구 경기에서, 반지하실처럼 되어 있는 선수의 대기소)으로 돌아간 주부는 내가 아는 한 두 번 다시 타석에 선 일이 없다.

급하면 돌아가라! 재취업을 성공시키는 제1단계는 설사 본격적인 출발이 1, 2년 늦더라도 완벽한 초석을 이루어내는 것이다.

의존하고 있는 것은 아이가 아니라 당신이다!

도이 가즈코 씨는 영양사로 일하고 있으며 현재 마흔여덟 살이다. 남편은 공무원이고, 아들은 5년째 뉴욕 지사에 근무하고 있다.

그녀는 중학교에 들어간 아들을 '내 새끼'라고 부르며, 목욕할 때도 등을 밀어주며 한때 지나치게 아들을 편애했었다. 그러다가 아이는 마침내 중2 때, 등교 거부를 하게 되었다. 이런 아이들을 20여 년간 치료해 온 의사와 상담하자 과보호의 결과라는 말과 함께 본인보다도 어머니의 치료가 필요하다는 냉혹한 말까지 들었다.

"의존하고 있는 건 아이가 아니라 어머니입니다. 일을 가지세요. 사람들과 접촉하며 자신을 성장시키세요. 단, 지금까지 과보호해 온 아이를 단번에 내치는 방식은 좋지 않습니다. 우선 심리

적으로 부모와 떨어지게 만든 다음에 물리적으로 그리고 공간적
으로 차분하게 계획적으로 일을 진행시켜야 합니다.”

치료법은 한 인간으로서의 도이 씨의 자립이었다.

우선, 아이의 이름을 정확히 부르기로 했다. 그리고 어머니라
는 역할의 총칭으로 자신을 말하기보다 나라는 일인칭을 사용하
기로 했다.

자신과 어머니는 별개라는 자각을 갖기 시작하고부터 아이는
다시 학교에 가게 되었다. 도이 씨는 아이의 자립에 온힘을 쏟았
다. 속옷들은 샤워를 할 때 스스로 빨게 했다. 자신의 세탁물은
자신이 개서 옷장에 넣어두도록 시켰다. 설거지도 시키고 도시
락도 스스로 챙기게 했다.

아들과 동성(同性)의 선배인 아버지에게도 협력을 구해 되도록
주변 일은 자신이 알아서 하게 시켰다. 아버지와 아들이 일요일
에 즐겁게 요리를 하게 되기까지 2년 남짓 걸렸다. 가족끼리 인
생에 대해, 인간에 대해 서로 대화를 하게 된 것도 이 무렵이다.

가족 사이에 독립적인 감각이 싹트면서 아내가, 어머니가 일
을 갖는 것은 당연하다는 분위기가 조성되었다. 그 시초로 도이
가스코 씨는 인근 슈퍼에서 파트 타임으로 일을 하기 시작했다.

2년째 들어서는, 간다(神田)의 영양사 전문학교 경리과에서 풀
타임으로 일하게 되었다. 전문직을 갖고 싶었다. 영양사라면 주
부 일의 연장선에 있는 직업이다. 남편과 아이의 이해를 구해 야
간 수업을 받게 되었다. 영양사 자격증을 딴 것은 마흔두 살. 지

금은 초후(調布)에 있는 노인 병원에서 영양사로 근무하고 있다.

돈을 모아 작년에 아들도 만날 겸 보름간 미국을 여행했다.

"어머니, 그 때 저를 자립시켜 주셔서 고맙습니다."

장성한 아들이 그녀에게 말했다.

"'내 새끼' 별 소릴 다하는구나."

멋쩍어진 그녀는 일부러 옛날처럼 혀 짧은 소리로 '내 새끼' 라고 아들을 불렀다고 한다.

도이 가쓰코 씨는 '급하면 돌아가라' 는 말의 산 증인이라고 해도 좋을만큼 이렇듯 긴 시간을 두고 자신과 아이의 자립을 이루어낸 것이다.

경제적 자립과 정신적 자립은 성인의 필수

정신적 자립이란 무엇을 말하는가?

'경제적인 자립은 못해도 정신적으로만이라도 자립해 있으면 되지 않는가.'

종종 이런 말을 듣곤 한다. 하지만 몸은 남에게 의지하고 있으면서 정신만은 자립을 한다는 것이 과연 가능할까?

정신은 자립해 있다고 단언하는 사람에게 가끔 그 상태를 물어보면 '나는 한번도 남편에게 부양받고 있다는 열등감을 느껴본 적이 없어요. 내가 하고 싶은 일은 무엇이든 다 하죠. 집안 일도 남편이 거들어줍니다. 좋아하는 TV 프로를 보고 있을 때는 남편에게 차를 부탁하기도 하는 걸요.' 라는 대답이 돌아와 어리둥절해진 적이 있다.

근래, 주부 미식가들이 늘고 있다. 롯폰기, 아카사카, 아오야마, 긴자 등의 다소 이름난 레스토랑에서는 런치 타임을 일명 레이디스 서비스라 하여 풀 코스를 염가로 제공하고 있는 곳이 많다.

나는 가끔 일 관계로 오후 약속이 있을 때면 이런 레스토랑을 이용하기도 하는데, 언제나 그곳은 4, 50대의 전업 주부로 보이는 여자들로 넘쳐나고 있다. 화장을 곱게한 그녀들의 생기 발랄하고 활기찬 목소리가 테이블 곳곳에서 들려온다.

평온하게 즐기는 여자들을 보는 것은 좋지만, 문득 그녀들 뒤로 남편의 모습이 떠오르곤 한다. 지금쯤 남편들은 분식집에서 허겁지겁 메밀국수 따위를 먹고 있지는 않을까. 오늘밤도 지칠대로 지친 몸에 양복을 입고, 무거운 발을 질질 끌며 집으로 향하고 있지는 않을까. 심보 사나운 상사에게 고개 숙이고 있는 남편, 전철 속에서 꾸벅꾸벅 졸고 있는 남편, 러시아워의 사람들 틈에서 불편한 심기를 그대로 드러낸 채, 손잡이에 매달려 있는 남편……. 그런 남편들의 모습을 그녀들은 잠시라도 떠올릴 때가 있을까.

이러한 생각이 머리를 스치자 평온하게 보였던 그녀들이 너무 뻔뻔한 이기적인 여자들로 비춰지는 것이다.

"내가 하고 싶은 일은 무엇이든 다 합니다."

그것이 마치 정신의 자립이기라도 한 양, 자랑스레 말하는 30대 여자들을 만날 때마다 선배 주부 미식가들의 모습이 겹쳐진다. 매달 정확히 넘겨받는 월급이 남편의 땀의 결정이라는 데 생각이 미치지 못하는 뻔뻔스러움에서 양자의 공통점을 엿볼 수 있기 때문이다.

1975년은 평화와 평등과 발전을 표어로 내건 국제 여성의 해였다. 이 해를 계기로 지구상의 여러 나라 여성들이 가사와 육아의 남녀 협력을 주장하기 시작했다. 일본에서도 '남자들도 가사와 육아를' 이라는 목소리가 해마다 높아지고 있고, 〈육아를 생각하는 남자들의 모임〉도 결성되었다. 나 역시 남자의 가정 참여를 주장하는 입장에 있지만, '집안 일도 남편이 거들어줍니다. 좋아하는 TV 프로를 보고 있을 때는 남편에게 차를 부탁하기도 하는걸요.' 라는 전업 주부의 무심한 말을 듣다보면 '자, 자, 잠깐만요.' 말까지 더듬거리며 상대의 입을 막아버리고 싶어진다.

자신을 살리고, 남도 살리는 정신적 자립

나를 포함해 페미니즘의 입장에 있는 여자들이 가사와 육아의 남녀 협력을 주장하는 것은 무엇보다도 그것이 여성의 노동권 확립과 표리 일체를 이루고 있기 때문이다. 남자는 직업, 여자는 가정. 여자는 남자가 버는 돈으로 살아간다는 오랜 세월에 걸친 성별 분업 제도가 있는 한 여자의 일은 결혼 전까지-설사 맞벌이를 한대도-경제의 보조 역할에 머무르고 말 것이다.

'한 집안 경제의 기둥인 남자와 달리 여자는 승진이나 승급이 필요 없다. 여자는 파트 타임이면 되지 않느냐. 정년도 남자보다 빨라야 된다.'

이래가지고는 백날이 가도 여자는 남자에게 부양받으며 살아가는 반 몫의 인간으로 간주될 것이다.

여자도 남자처럼 자력으로 살 수 있는 존재가 되기 위해서는 반드시 여성의 노동권을 확립해야 한다. 그렇기 때문에 그것을 원하는 많은 여자들이 여성의 노동권 박탈의 원인이 되어온 '남자는 직업, 여자는 가정' 이라는 성별 분업 제도를 뿌리뽑기 위해 가사와 육아의 남녀 협력을 소리 높이 주장하게 된 것이다. '남자는 가정 참여, 여자는 사회 참여' 가 표어로까지 내걸렸다.

게다가 우선, 일본의 맞벌이 여성을 보면 알 수 있듯이 직장에서는 남자와 똑같이 일하기를 요구받고, 집에 돌아가서는 가사와 육아까지 도맡아야 한다. 이렇게 되면 여자는 남자의 두세 배나 되는 일을 해야 한다.

일과 가정을 병행하는 데 지쳐 억울함을 눌러참고 직장을 떠난 여자들은 또 얼마나 많은가. 과로로 쓰러진 친구도 있다. 남녀가 함께 일을 하듯 가사나 육아도 서로 분담해야 한다.

일본 여성들이 남녀 협력을 주장하는 이유는 또 하나 있다. 남자들에 대한 사랑의 메시지라고나 할까.

일본 남자들은 세계적으로 유명한 산업 전사들이다. 그들은 세계 제일의 장시간 노동을 강요당하고 있으며, 해마다 과로사를 하는 남자들이 늘어가고 있다. 그리고 정년 퇴직 후의 인격 파탄도 세계에서 그 유례를 찾아볼 수 없다.

이러한 비인간적인 노동을 강요당하고 있는 남자들에게 인간다운 삶을 선사하고 싶은 것이다. 여자가 일하면 남자도 좀더 여유롭게 일할 수 있다. 아내나 아이, 주변 이웃들과 사귈 수도 있고, 인생의 즐거움도 맛볼 수 있다. 남녀 협력을 외치는 여자들의 주장 뒤에는 남성의 인간 해방에 대한 바람도 담겨 있는 것이다.

너무 장황한 것 같지만 가사와 육아의 남성 참여를 호소하는 것은 무엇보다도 여성의 노동권 확립이 주축이 된 주장이라고 할 수 있다. 그런데 놀랍게도 주축을 이루는 쪽은 어디론가 사라지고 가사와 육아의 남편 참여라는 부분만이 클로즈업되고 있다. 자신에게 유리한 부분만 부각시키고 있는 것이다.

그렇다면 남성이 너무 불쌍하지 않은가. 현재 돈을 벌기 위한 남편의 노동 시간과 아내의 가사 노동 시간의 균형이 크게 무너지고 있다. 특히, 아이 양육에서 해방된 30대 중반쯤 되면 남편의 노동 시간이 아내보다 절대적으로 길어진다. 통근 시간을 합하면 평균 11시간 반. 세계적으로 유명한 산업 전사 남편이 집에

까지 돌아와 가사 협력을 강요당한다면 조사(勞死)하는 남자가
증가한대도 이상할 것은 없지 않은가.

운명적으로 함께 살게 된 남성이 현재의 일본에서 어떻게 일
하고 있는지, 그 모습을 생각조차 안 하면서 무엇이 정신의 자립
이란 말인가. 진정한 자립은 자신을 생각하고, 남도 배려할 수
있는 성숙한 인간이 되었을 때 비로소 이루어지는 것이다.

자신이 원하는 삶을 자유롭게 선택하고 자신이 한 일의 책임
은 자신이 지면서 산다. 이러한 정신의 자립은 인간의 평생 테마
라고도 할 수 있는 어려운 일이다.

경제 자립의 출발은 30대 중반이 최고

'돈 버는 사람' 남편이 특권을 휘두를 때

경제적으로 자립해 있다고 해서 정신도 자립해 있는 것은 아
니다. 하지만 타인의 경제력에 의존해 사는 인간보다 경제적으
로 자립해 있는 인간이 역시 정신적으로 자립할 수 있는 조건을
더 많이 가지고 있는 게 사실이다.

'부양받고 있다고는 생각지 않는다.'고 아무리 허세를 부려도
경제를 쥐고 있는 남편의 거센 반대에 부딪치면 이혼의 위기를
무릅쓰면서까지 자신이 하고 싶은 일을 끝까지 밀고 나가는 여

자가 과연 몇이나 될까.

"나도 일을 해야 겠다고 남편과 상의하면 '내가 마누라 돈벌어 오게 할만큼 형편없는 놈이야' 라고 다그치듯 덤벼들어 말도 꺼낼 수 없습니다."

이런 한탄을 하는 상담자도 제법 있다.

노세이 미에 씨의 남편도 그 중 하나. 평소 말수가 적고 누가 봐도 점잖은 남편이었다. 너무 물러 터진 사람이라고 만만하게 보기조차 했다고 한다.

하지만 남편은 아내는 이래야 한다는 나름대로의 선을 그어놓고 있었던 것이다. 그는 분명 노세이 씨가 그 선만 넘지 않는다면 이해심 있는 조용한 남편으로 존재할 것이다. 그러나 아내가 일을 갖는다는 것은 그 선 밖의 일이었다.

남편을 그저 만만히 보고 있던 노세이 씨는 밀어붙이기만 하면 남편의 반대 정도야 어떻게든 될 거라고 대수롭지 않게 생각하고 있었다.

"여자가 일하는 건 시대의 흐름이에요. 신문에도 주부의 70퍼센트 정도가 어떤 형태로든 일을 하고 있다잖아요. 이젠 아이도 다 컸으니 절대 당신 신경 쓰게 하는 일은 없을 거예요."

노세이 씨는 미소를 띄워가며 말했다.

"그래, 그럼 맘대로 해."

남편은 위협적인 목소리로 잘라 말했다. 그리고 그 뒤로 아내가 무슨 말을 해도 묵묵 부답에 굳은 표정을 거두지 않았다.

'해볼 테면 어디 한번 해보라고. 가만 있지 않을 테니까.' 라는 무언의 위협을 읽어낸 노세이 씨는 등줄기가 서늘해져 그대로 입을 다물고 말았다. 막판에 위세를 부리는 이것이 바로 남편-돈버는 사람-의 특권임을 별 수 없이 깨달았기 때문이다.

"생각해 보면 지금까지 무의식중에 남편의 눈치를 보고 살았던 것 같아요. 하고 싶은 게 있어도 미리 살피고 알아서 참는 일종의 자기 규제를 하는 거죠. 줄곧 이런 일의 반복이었는데 이번 일로 확실히 깨달았어요. 역시 경제력이 없으면 목소리가 약해집니다. 정말이지 한심하더군요. 내 인생 설계도 내 맘대로 못하다니……. 일을 가지고 있는 여자가 이번만큼 부러웠던 적도 없을 거예요."

상담이라기보다는 푸념을 하러 온 것일까. 그녀는 1시간 가량 같은 말만 늘어놓다 돌아갔다.

참다보면 남편에 대한 따뜻한 배려를 잃어버린다

각 지역에서 주간 강좌를 야간으로 바꾸자, 그날로 참가자의 3분의 2 정도가 감소했다고 한다. 남편이 퇴근해 돌아와 있으니 아예 나가기를 포기한 여자가 많았던 것이다.

남편의 경제력에 기대고 산다면 무의식중에 상대의 눈치를 살피게 된다. 이것은 당연한 인간의 감정이다.

조금씩 자신이 하고 싶은 일을 참아 나가는 세월이 쌓임으로써 남편이 힘들게 일한다는 생각, 다시 말해 남편에 대한 인간으로서의 따뜻한 배려를 잃어버린 선배 여성들이 얼마나 많은가.

"터퍼(식품 따위를 보관하는 폴리에틸렌 그릇)라도 하나 가져왔더라면 좋았을 걸 그랬어. 남은 음식을 담아다가 오늘 저녁, 남편에게 주면 좋잖아."

레스토랑의 실내 중앙 테이블에 빙 둘러앉은 여자들의 모임에서 들으라는 듯이 아이와 남편 자랑으로 흥을 내던 주부 하나가 아쉽다는 듯이 말했다. 그리고 그녀의 말이 끝나자마자 순간 '와' 하고 웃음소리가 터져나왔다.

"처자 부양을 자랑처럼 구는 남자들에게도 잘못이 있지만 여자들도 참 뻔뻔스러워졌네요. 저 역시 남녀가 좋은 관계를 만들어 나갔으면 하는 마음으로 신문지상에 남성의 가정 참여를 호소해 왔지만, 왠지 뻔뻔한 여자들을 만들어내는 데 일조를 해온 것 같아요. 정보를 수집해 그 중에서 자신에게 좋은 것만 취할 줄은 몰랐어요."

일에 대해 얘기하고 있던 나와 동세대의 여성 기자가 씁쓸하게 말했다. 나 역시 때때로 그런 느낌을 받았던 만큼 그저 고개만 끄덕거릴 수밖에 없었다.

인간은 자신이 선택한 만족스러운 삶을 살아왔을 때 그런 인생을 살아온 자신에 대한 자신감이 여유가 되어 남에게 따뜻해질 수 있는 것이다.

경제적 자립과 정신적 자립은 그야말로 일란성 쌍생아, 끊을 래야 끊을 수 없는 사이라고 할 수 있다.

남편은 나이를 먹고 책임있는 자리에 오를수록 보수적이 되어 간다. 그러나 아직 유연성과 융통성이 남아 있는 30대라면 아내 의 말에 귀를 기울이는 여유도 있다.

쇠는 뜨거울 때 단련된다! 경제 자립의 출발은 30대 중반이야 말로 최고의 때임을 알아야 한다.

놓치지 마라! 부부 관계 회복에 몰두하는 시기

자식은 부모가 생각하는 것보다 빨리 자란다.

자식은 부모가 생각하는 것보다 빨리 자란다. 마냥 엄마 품에 있는 어린애인 줄로만 알았던 나의 딸도 올해로 만 스물일곱.

성인 여성이 되면 좋아하는 남성이 생기는 것은 당연한 일이 다. 그런데도 어느 날 문득 딸아이에게서 '결혼하고 싶어요.' 라 는 말을 들었을 때, 내가 느낀 배반감은 나 조차 놀랄 정도였다.

이미 4년 전부터 집에서 따로 나가 살고 있었기 때문에 충분히 독립된 존재로 인정하고 있던 터였고, 자립한 독립적인 모녀라 는 자부심도 있었다.

하지만 모녀 사이에 다른 이성이 끼어든다는 것은 단순히 공간적이 아니라, 심리적으로도 아이와의 이별이 부득이해진다. 아마도 나는 뭔가 마음 한 구석에서 딸아이가 '역시 혼자 사는 건 힘들어요.'라며, 어물쩍 다시 집으로 돌아오기를 은근히 기대하고 있었던 것이리라. 그 기대가 무참히 깨져 산산조각이 나 버렸다. 내 딸이 엄마보다도 이성과 함께 사는 것을 선택했다. 바로 이 선택이 최대의 배반처럼 느껴졌던 것이다.

법률적으로도 부모의 허락없이 결혼할 수 있는 스물일곱의 어엿한 성인 여성에게, '절대 허락할 수 없어. 결혼 같은 건.'이라니. 하지만 그 때는 정신없이 소리치고 있었다. 더없이 사랑하고 사랑했던 하나밖에 없는 내 딸을 빼앗긴다는 마음에 그 외침은 차라리 비명에 가까웠다.

생각 끝에 결혼이라는 길을 선택한 딸의 의지는 확고했다. 마지못해 남편과 함께 결혼식에 참석했다. 하얀 웨딩 드레스를 입은 딸아이는 눈부실 만큼 아름다웠다. 예식 비용은 모두 젊은 두 사람이 부담했다. 잘 어울리는 한 쌍의 결혼식은 청초하고 산뜻한 분위기로 가득 차 있었다.

머리로는 물론 이해를 했다. 하지만 마음을 납득시키는 데는 한 차례의 눈물이 필요했다. 그날 밤, 이부자리 속에서 숨죽여 울었다. 눈물이 말라버릴 정도의 그것은 엄청난 흐느낌이었다. 하지만 우는 와중에도 스스로도 놀라버린 딸에 대한 집착심을 이리저리 분석하고 있었다.

세상에는 자식과의 공간적인 이별에 용감한 여자도 있고, 나처럼 집착하는 여자도 있다. 이 차이의 원인은 과연 무엇일까?

우선은 정의 깊이에서 원인을 찾을 수 있다. 천성적으로 정이 많은 여자도 있고, 반대로 매우 담백한 여자도 있다.

나는 분명 사람에 대한 정이 지나치게 강한 경향이 있다. 좋아하는 사람에 대해서는 남녀를 불문하고 끝까지 빠져든다. 과거에 나는 이와 같은 상태로 빠져들어서는 안 되는 상대에게 빠져들어 혼자 씨름하다가 큰 상처를 입었었다. 그것이 두려워 점차 그 깊이를 낮춰가게 되었는데, 아마도 자식에 대해서는 억제할 수 없었던 모양이다.

하지만 이렇게 스스로도 놀랄 만큼 자식에게 집착심을 드러내게 된 가장 큰 원인은 무엇보다도 남편과의 관계에 있었다.

남편과 사이가 좋은 아내는 자식에게 집착하지 않는다

남편과 좋은 관계를 다져온 여자는 아이와의 이별이 훨씬 수월하다. 그렇지만 남편과의 관계가 그리 원만하지 않은 여자는 아이에 대한 집착이 매우 강해서 아이와 떨어지기 힘들다.

유감스럽게도 나는 남편과 좋은 관계를 만들지 못한 채 오늘에까지 이르고 말았다. 이혼하지 않으면 안 될 정도의 결정적인 이유가 있는 것은 아니다. 그러므로 서로의 세계에 관여하지 않는 '한 지붕 아래 별거' 라는 형태로 우호 관계를 맺고 있는 것이다.

만일 남편과 사이좋게 살아왔다면 아이의 본격적인 자립을 오히려 신혼 시절로 돌아갈 수 있는 기회라고 생각하며 기쁘게 떠나보낼 수 있었을 것이다.

내 친구 미첼은 재일(在日) 미국인이다. 남편인 로버트는 일본의 대학에서 인류학을 가르치고 있다. 두 딸중 큰딸은 결혼해서 미국으로 가고 얼마 전에 작은딸도 결혼했다. 상대는 프랑스인으로 함께 곧 프랑스로 간다고 한다.

"허전하시죠?"

내 경우를 생각하고 그렇게 묻자 미첼은 정말 놀란 듯이 말했다.

"허전하다니, 왜요? 지금까지는 아이라는 존재가 있어 부부라는 관계보다 부모 관계에 비중을 둘 수밖에 없었지만 이제 아이가 모두 독립한 덕에 우린 다시 신혼 시절로 돌아갔는 걸요. 허전하기는커녕 다시 로버트와 단둘이 살게 됐으니 얼마나 좋아요. 아이한테 돈 들어갈 일도 없으니 이제 둘이서 마음껏 여행이나 하자며 어젯밤에도 한참을 얘기했어요.이제부터가 정말 기대가 돼요."

미첼의 얼굴에서는 어떤 가식도 느껴지지 않았다.

사실, 이 부부는 금실이 매우 좋았다. 두 딸이 아메리칸 스쿨에 다니기 시작하고부터 매주 이틀은 밤에 부부 동반으로 홈 파티에 가거나 영화를 보러 다니고 레스토랑에서 저녁을 즐기면서 인생의 즐거움을 듬뿍 나누며 살고 있었다.

미첼과는 미일 회화 학원에서 알게 되었다. 나는 비서과, 그녀는 동시 통역과의 강사. 비슷한 연배라는 점도 있어 점심 시간을 함께 보낼 때가 많았다.

홈 파티에도 서너 번 초대받기도 했다. 미국인들은 대개 부부 동반인지라 언제나 불쑥 혼자 나타나는 나를 그녀는 아마 독신 여성쯤으로 생각했던 모양이다. 무슨 말 끝에 남편 이야기를 하자, '어머, 남편이 있었어요. 그런데 왜 파티에 같이 오지 않았나요?' 라고 힐책하듯 물었다.

남편이 몸이 좋지 않다고 간단히 대답하자, 그녀는 '아, 그랬군요. 미안해요.' 라고 솔직하게 사과를 했다.

그가 몸이 좋지 않은 건 사실이지만 내심 창피한 감이 있었다. 당시의 나는 아내와 인생의 기쁨을 나눌 줄 모르고 일만 아는 일본 남자의 전형이었던 남편에게 스스로 체념하고 있었다.

하지만 만일 내가 그 때마다 졸랐다면 남편도 어쩌다 한번은 응해 주었을지도 모른다. 그랬다면 부부 동반으로 제법 즐거운 한때를 보냈을 테고, 또 그렇게 몇 번쯤 다니다 보면 오히려 거기에 익숙해졌을지도 모른다.

하지만 당시의 나는 싫어하는 남편을 억지로 끌고갈 만큼 부부 관계를 가꾸는 데 열의를 갖고 있지 않았다.

늦은 출산으로 아이가 어렸던 탓도 있다. 모녀지간의 달콤한 관계에 푹 빠져 있었다. 그래서 부부 관계를 가꾸는 데 소홀할 수밖에 없었고, 그렇게 나와 남편의 사이는 조금씩 멀어져 갔다.

하지만 부부는 본래 남이다. 함께 지내는 데 익숙지 않은 세월이 쌓이다 보면 '새삼스럽게'라는 생각이 강해져 어느새 서로 다른 쪽을 바라보게 되는 것이다. 여기에 바로 부부 관계의 무서움이 있다.

활기찬 부부 관계 되찾는 법

부부 관계를 가꾸는 데 말을 아껴서는 안 된다

로버트와 미첼은 부부가 서로 남이라는 것을 분명하게 인식하고 있었다. 부부는 서로 남이기 때문에 좋은 관계를 만들기 위한 노력이 필요하고 함께 지내는 데 익숙해지지 않으면 안 된다.

부부 관계의 본질을 간파하고 있던 그들은 부모 관계에 가장 비중을 두어야 했던 양육 기간이 끝나자 곧바로 부부 관계 회복에 적극적으로 나섰던 것이다.

"데루코, 집 보기 아르바이트 어때요?"

미첼의 제의를 나는 기꺼이 받아들였다.

그 때부터 매주 두 번, 5시에서 11시까지 미첼 부부가 외출했을 때 집을 봐주는 것이 나의 아르바이트가 되었다.

두 사람은 정장을 하고 나간다. 미첼도 미인이었지만 로버트도 상당한 미남이다. 잘 차려입은 두 사람이 나란히 서면 마치 한 폭의 그림 같았다.

남의 시선에 드러나 긴장하기 때문인지 집에 돌아왔을 때의 두 사람은 나갈 때보다 더 눈부신 아름다움을 온몸에 풍기고 있었다. 그들은 마치 서로가 자신의 자부심인 양 칭찬을 아끼지 않는다.

"남편과 아내는 남이에요. 마음에 있는 것을 말로 전하세요. 그렇지 않으면 서로 알 수가 없어요."

언젠가 미첼이 내게 말했다. 부부 관계를 잘 가꿔가려면 말을 아껴서는 안 된다고 말하고 싶었던 것이리라.

끊임없이 노력하며 남편과의 사이를 긴밀히 유지해 왔기 때문에 미첼은 본격적인 자식과의 이별에 당당할 수 있었던 것이다.

생각해 보면 인생 80년 시대는 부모로 있는 시기보다 부부로 있는 시기가 훨씬 더 길다. 아이가 자립한 뒤, 부부가 함께하는 세월은 40년 가까이 된다. 인생 80년 시대는 부부의 시대라 해도 좋을 것이다.

그렇기 때문에 부부 관계의 질이 문제가 되어 이혼율도 계속 높아만 가고 있는 것이다.

이혼이 결코 나쁜 것은 아니다. 부부 관계는 때때로 서로가 어떤 상대를 만났느냐에 따라 달라지는 경우가 많다.

인간에게는 궁합이라는 것이 있다. 궁합이 안 좋은 사람끼리 젊은 혈기로 결혼을 해버리면 악부, 악처가 될 수 있다.

하지만 그들이 헤어져 궁합이 잘 맞는 상대와 재혼을 하면 일찍이 악부, 악처였던 사람들이 좋은 남편, 좋은 아내로 멋지게 변신한다.

부부 관계는 상대에 따라 달라지기도 한다

야마노우에 사부로, 이쿠코 씨 부부가 그 전형적인 예이다. 말싸움도 하고 때로는 맞붙어 싸우기도 한다.

육체의 대화도 이미 사라진 지 오래. 이혼 상담을 하러 이쿠코 씨가 나를 찾아왔을 때는 이미 관계가 깨져 있었다.

다행스럽게도 그들은 맞벌이 부부였다. 헤어져도 아내의 생계는 문제될 것이 없었다.

회복될 기미가 보이지 않는다면 차라리 빨리 헤어지는 게 서로의 새 출발에 좋을 수 있다. 여섯 살 난 딸아이는 부인이 맡았다. 재혼은 딸린 식구가 없는 남편이 빨랐다.

"저런 남잔, 남편 될 자격이 없어요."

이쿠코 씨는 악담을 했다.

하지만 우연하게도 사부로 씨의 두 번째 아내가 된 여자는 내 친구의 친구였다.

친구는 사부로 씨가 전혀 딴 사람이 됐다며 그의 근황을 전해 주었다. 주변에서도 금실 좋은 부부라고 한다.

그의 새 부인도 '참 자상한 사람이에요.' 라고 대놓고 자랑한다며 친구는 우습다는 투로 말했다.

1년 뒤에 이쿠코 씨도 아이 딸린 남자와 결혼했다.

'여자가 너무 드세서…….' 라고 일찍이 사부로 씨가 거칠게 말했던 그 드센 여자가 더없이 편안하고 포근한 여자로 완전히 변했던 것이다.

상대를 바꿈으로써 악부, 악처였던 사람이 전혀 다른 사람으로 변할 수 있다는 것을 알고 있는 만큼 나로서는 이혼을 나쁘다고 단정할 수 없는 것이다. 하지만 서로에게 상처주지 않고 오래도록 함께 살며 곱게 늙어갈 수 있다면 이보다 더한 행복은 없을 것이다.

부부가 함께 사는 시기를 풍요롭게 살아가기 위해서는 아이 양육에서 해방된 서른다섯, 이 때를 부부 관계 재정비의 출발점으로 자리매김할 것을 권한다.

자녀 양육 기간에는 아무래도 모든 관심이 아이에게 쏠리기 마련이다. 그렇게 아이와의 관계에 푹 빠져 지내다가 늦게만 귀가하던 남편이 어쩌다 일찍 귀가하기라도 하면 마치 아이와의 편안한 관계가 깨져 버린 것아 남편에게 퉁명스러워지기도 한다.

그것만이 아니다. 신혼 시절에는 서로의 이름을 부르다가도 아이가 태어난 순간, 쑥 들어가버리고 만다. 그리고 어느덧 부모 관계가 부부 관계보다 우선이 된다.

그러다 다시 부부만 남는 시기가 되면 이미 부부 사이에는 통하는 마음도 나눌 얘기도 없이 무심한 얼굴로 지내다, 결국은 서로 등을 돌리고 마는 황혼 이혼의 주역이 될 소지가 다분하다.

이러한 선배들의 전철을 밟지 않기 위해서도 아이 양육에서 해방된 때를 계기로 부지런히 부부 관계를 다져 나가는 것이 반드시 필요하다.

인생을 온전히 사는 파트너이기 위해

-부모라는 이름에서 이제는 부부로 되돌아갈 때
-인생의 궤도 수정은 자유롭게
-인생의 풍경을 바꾸고 싶을 때 자력으로 바꿀 용기
-혼자 살 수 있는 사람은 둘이서도 살 수 있다
-여자 나이 서른다섯은 부부 시대의 출발선

부모라는 이름에서 이제는 부부로 되돌아갈 때

부모 관계의 때를 벗기자

부모라는 위치에서 사는 습관에 완전히 젖어 버리면 그것을 바로잡기가 좀처럼 쉽지 않다.

첫아이를 낳는 평균 연령은 스물다섯, 양육 기간이 끝나는 평균 연령은 서른다섯. 이 기간은 대충 10년. 이 정도라면 습관도 피부화 되지 않은 '때' 정도. 그렇다면 비누칠을 한 스펀지로 다소 힘주어 빡빡 문지르면 깨끗이 떨어질 것이다.

구마바라 게이코 씨가 이러한 '때 벗기기'의 일환으로 맨 먼저 시작한 일은 부부가 마주했을 때, '엄마, 아빠'로 부르는 습관을 고치는 것이었다.

아이가 태어날 때까지는 '미치루 상'이라고 거침없이 남편의 이름을 불렀었다. 남편은 평소에는 '게이코', 기분이 좋을 때면 '게이코 상'이라고 불렀다. 이렇게 부부 모두 이름을 부르던 것이 어느새 '엄마, 아빠'로 바뀐 것이다.

게이코 씨는 우선 서로 이름을 부르던 신혼 시절의 습관을 회복해야겠다고 생각하고, 어느 날 아이가 잠든 뒤 함께 커피를 마시고 있을 때 용기를 내서 '이봐요, 미치루 상.'이라고 불렀다.

10년 가까이 잊고 살던 습관이라 처음에는 왠지 멋쩍고, 목에 가시가 걸린 듯한 느낌이었다고 한다.

아내가 갑자기 '이봐요, 미치루 상.'이라고 부르자 남편은 잠시 눈을 깜빡거리며 어색한 듯이 크게 웃었다.

그렇지만 게이코 씨가 계속해서 이름을 부르자, 어느새 때처럼 눌러붙어 있던 부모의 호칭 습관이 씻겨나가, 이제 남편도 부부가 마주하게 되면 '게이코 상'이라고 자연스럽게 아내를 부르게 되었다.

"내가 커피 끓여줄까, 이래봬도 젊은 시절엔 커피 끓이는 데 명수였다구."

이름을 부르면 애정도 살아나는 것일까. 늘 시키기만 하던 남편이 옛날 솜씨를 뽐내게까지 되었다.

다음에는 남편의 생일에 '사랑을 담아'라고 쓴 카드와 함께 손수 짠 스웨터를 선물했다. 남편의 생일은 11월 23일, 게이코 씨의 생일은 3월 15일. 은근히 기대하고 있던 자신의 생일에 남편은 잊지 않고 선물을 건네주었다.

아내로부터 선물을 받고 기뻤다면 그 기쁨을 아내에게도 맛보게 해주고 싶은 것이 인지상정이다. 남편이 건넨 리본을 장식한 꽃무늬 포장지를 펼치자 작고 흰 상자가 나왔다. 그 속에는 하트 모양의 금으로 된 펜던트가 들어 있었다.

6월 10일은 결혼 기념일. 이 날 둘이서 영화를 보러 갔다. 예매한 표를 미리 남편에게 건네자 남편은 어색할 때의 버릇대로 머리를 긁적거리며, '그것 참.'이라고 했다. 남편은 다소 들뜬 마음으로 출근을 했다. 그리고 게이코 씨는 미장원에 들렀다가 약속 장소로 나갔다.

한껏 멋을 낸 두 사람이 영화를 본 지는 10년만. 의자에 나란히 앉은 두 사람의 어깨가 잘 어울린다.

'남편의 체온이 이렇게 따뜻했었나…….'

게이코 씨는 연애 시절의 애틋했던 느낌으로 영화를 즐겼다.

이혼 환상을 부풀린 아내의 선택

영화가 끝난 뒤, 레스토랑에서 식사를 했다. 영화 감상을 서로 나누며 이야기꽃을 피웠다.

"이런 시간도 나쁘지 않군."

남편의 말에 게이코 씨는 고개를 끄덕이며 수긍했다.

생일 선물 교환, 결혼 기념일의 데이트……. 5년이 지난 지금까지도 이 습관은 계속되고 있다. 이제는 같이 다니는 데 익숙해져 오페라나 연극, 평판 좋은 영화도 가끔 둘이서 보러 간다.

"우리 부모님들, 다 늦게 신혼 여행 가신대."

어느 날 부부가 1박 여행을 다녀오겠다고 아이들에게 말하자, 그 즉시 딸애가 친구에게 전화를 걸어 들뜬 목소리로 보고를 했다고 한다.

이렇게 단란한 부부 관계를 영위하고 있는 게이코 씨도 사실은 이혼을 생각하고 내게 상담을 받으러 왔었던 사람이다.

아이 양육에서 해방되어 자기 상실감에 빠져버린 이 시기의 여자들 중에는 이혼 희망 비대증에 걸리는 사람이 제법 많다.

아이 양육에서 해방되어 겨우 한숨 돌렸을 때 어떻게도 할 수 없는 허전함에 휩싸였던 여자가 그로부터 벗어나기 위해 이혼 환상에 빠지는 것이다.

육아 기간 중에는 남편과의 사이가 소원해져 있다가 시간이 지나고 어머니로서의 역할이 희박해질 때 쯤 우습게도 남편은 직장인으로서 궤도에 오르기 시작하고 있다. 아내의 마음속에 뚫리기 시작한 구멍을 돌아볼 여유가 있을 리 없다.

이 두 사람의 역할에 대한 충실도가 점점 격차를 드러내 아내의 허전함을 심화시키고, 마침내는 결혼 생활에 대한 회의를 낳는다.

그리고는 마침내 이혼을 단행하면 회색빛 날들이 장밋빛으로 바뀔거라는 막연한 기대감에 빠져 이혼에 대한 환상을 한없이 부풀려 간다.

이러한 환상에 빠져 이혼을 단행하지만, 공허함에서 벗어나기는커녕 생활고라는 무게에 짓눌려 비참한 기분으로 상담을 하러 오는 여자들이 지금도 끊이지 않고 있다. 게이코 씨도 앞서의 과정을 거쳐 이혼 환상에 휩싸여 갔다. 그녀 나이 서른네 살 때의 일이었다.

이혼한다고 그 즉시 자립한 여자가 될 수 있는 것은 아니다. 대체로 이혼한 여자들은 살기 위해, 생활을 위해 일을 시작한다.

분명 형태상으로는 경제적으로 자립해 있다. 그렇지만 채 성숙하지 못한 정신적 자립심을 가지고 초조감, 불안감에 떨며 헤어진 남편보다 더 질 나쁜 남자에게 매달리게 되는 것이다 .

또한 경제적으로도 단번에 바닥으로 떨어져 버린다. 지금까지 전업 주부로 살면서 변변한 기술 하나 없던 여자가 어느 날 갑자기 일을 시작한다고 해서 금방 높은 월급을 받게 될 리 없다.

이렇듯 생활고가 한층 더 남자의 존재를 절실하게 만들 것이다.

만일 정말로 이혼을 결정했다면 우선 멋지게 자신의 힘으로 일어설 수 있도록 결혼 생활을 지속시키면서 일을 시작한다. 그리고 이 정도면 되겠다 싶은 확신이 들 때, 정식으로 이혼한다.

이것이 이혼 환상자들에 대한 한결같은 나의 충고였다.

실제로 이혼을 단행하는 것은 상담하러 온 사람의 5분의 1도 되지 않는다. 아이 딸린 여자가 일하며 살기 힘든 현실에 그저 체념해 버린 여자만 있는 것은 아니다. 분명히 실제 일을 해보고, 그 힘겨움에 마음이 약해져 버린 여자도 있다.

하지만 경제적으로 자립한 대부분의 여자들은 달리 살아갈 방도가 없어서가 아니라, 이혼이든 결혼 유지든 자유롭게 선택할 수 있는 입장이 됨으로써 오히려 기꺼이 결혼 생활을 유지해 나가고 있는 것이다.

인생의 궤도 수정은 자유롭게

아내의 이혼 환상, 남편의 전직 환상

게이코 씨도 그랬다. 그녀도 우선 결혼 생활을 지속시키며 자립을 준비하라는 내 충고에 따라 직업 소개소를 찾아갔다. 일손이 부족한 때였던지라 구인 신청이 의외로 많았다. 그 중에서 선택한 것이 화장품 회사의 판매직이었다.

시간의 자유가 있는 것이 마음에 들었다. 아파트 단지에 사는 이점을 활용해 손님 끌기에 나섰다. 때때로 낮에 집에서 메이크업 강습회도 열었다. 본래 사교적이었던 게이코 씨는 집에 틀어박혀 있을 때는 깨닫지 못했던 자신의 잠재적인 성격과 능력을 마음껏 발휘해 나갔다.

자신감이 생기자 남편에 대한 막연했던 불만이 점차 사라져 갔다. 남편이 원인이 아니라 자신의 삶에 대한 불만이 해소되지 못한 채 남편에게 향해져 있었던 것임을 깨닫게 되었다.

결혼 생활 속에서도 자신이 어떻게 사느냐에 따라 인간으로서 자립할 수 있다. 이렇게 확신한 그녀는 결혼 생활을 지속해 나가기로 마음을 바꾸었다.

돈을 번다는 것은 결코 쉬운 일이 아니다, 이것이 그녀가 직접 일을 함으로써 얻은 깨달음이었다. 그 전까지는 매달 25일이 되면 당연히 월급 봉투를 받는 줄 알았고, 때때로 봉투가 너무 얇다고도 생각했었다. 하지만 직접 나가 일을 해 보고는 왠지 남편이 애처롭게 느껴졌다.

어느 날 밤, 둘이서 차를 마시다가 남편이 불쑥 말했다.

"가끔 말야, 월급쟁이를 벗어나는 꿈을 꾸곤 했었어."

'했었어.'라는 과거형을 쓴 걸 보면 지금은 그렇지 않다는 것이겠지만, 한 집안을 꾸려나가기 위해 남자는 당연히 일을 해야 하는 거라고 믿어 왔던 게이코 씨는 자신의 남편이 전직 희망을 가졌었다는 사실에 적잖이 충격을 받았다.

자신이 이혼 환상에 빠져 고민하고 있었을 때, 남편도 탈 샐러리 맨을 꿈꾸며 직업을 바꾸고 싶은 고민에 빠져 있었다니……. 그러자 뭔가 남녀 사이를 가로막고 있던 벽이 일시에 무너져 버린 듯한 느낌이 들면서 방황하며 사는 인간으로서의 동질감이 가슴 뭉클하게 다가왔다고 한다.

"사실 전, 저만 그런 줄 알았어요. '결혼 상대를 잘못 선택했느니, 쓸모 없는 사람을 만났느니' 하면서 당시는 남편 얼굴조차 보기 싫은 최악의 상태였죠. 하지만 남편은 남편대로 '직업 선택을 잘못한 게 아닐까, 좀더 다른 방면으로 나를 살릴 수 있지 않을까' 하고 자신의 상황에 초조해하고 있었던 겁니다. 남편과 아내가 맡고 있는 역할이 달라 한쪽은 탈 샐러리 맨 환상, 한쪽은 이혼 환상의 다른 형태로 드러나지만, 모두 한 꺼풀만 벗기면 나약하고 애처로운 그저 보통 인간이죠. 생각해 보면 일이든 결혼이든 20대 전반에, 말하자면 인생의 출발선에 갓 들어선 미숙한 시기에 결정하니까 본래 최선의 선택을 할 수가 없는 겁니다. 기차를 타면 경치가 제 맘대로 변해가듯이 20대에서 30대 중반까지는 남편이나 아내나 취직과 결혼, 출산, 육아와 같은 식으로 정신없이 역할이 늘어나죠. 그러다보니 인생의 경치도 일사천리로 변해가는 거구요. 그러니까 선택을 잘했는지 못했는지 살펴볼 틈이 없죠. 하지만 30대 중반쯤 되면 외적인 변화가 대충 끝납니다. 인생의 경치도 별반 다를 게 없지요. 오늘 같은 내일, 내일 같은 모레……. '그저 그렇게 일생을 보내게 되는 건가, 그렇다면 무슨 보람으로 사나' 하고 지금의 상태를 바꾸기 위해 발버둥치다 보면 새삼 자신의 선택이 옳았는지 돌아보게도 되는 겁니다, 이 나이쯤 되서요. 남편 역시 그랬다는 인식을 못했구나 싶어 왠지 매우 미안한 생각도 들었습니다."

그녀의 말대로 내가 아는 샐러리 맨 중에도 30대 중반을 넘길 즈음부터 아내의 이혼 환상에 상당하는 탈 샐러리 맨, 전직 환상으로 방황하는 남자들이 많다. 진지하게 상담을 해오는 사람도 있다.

"샐러리 맨은 제 적성에 맞지 않아요."

비명에 가까운 소리를 질렀던 것은 은행원인 야마구라 아키마사 씨. 그는 서른네 살에 1남 1녀의 아이를 둔 내 친구의 아들이다.

그는 대학 졸업 후, 취직해 은행원이 되었다. 직장의 인간 관계와 업무에 익숙해지기 위해 동분서주하던 신입 사원일 때는 세월도 빨랐다. 스물여섯에 결혼해 아이 둘이 태어나고, 남편과 아버지라는 새로운 역할을 떠맡으며 나름대로 인생의 드라마를 즐겨왔다. 처자를 부양하는 역할에도 보람을 느끼고 언제나 긴장을 늦추지 않아왔다.

그러나 30대 중반쯤 되자 왠지 모르게 침체되고 정체된 느낌에 빠지기 시작했던 것이다. 아내는 이제 아내보다 엄마가 되어 있었고, 아이들도 그다지 마주할 시간이 없는 아버지를 멀리하는 듯하다. 마치 자신이 돈버는 기계로 전락한 느낌조차 들었다.

직장 일도 어느 정도 익숙해지자 더 이상 새로울 것이 없었다. 20대 때는 은행원으로서 미래에 대한 꿈도 있었다. 그러나 30대 중반에 이르자 자신이 오를 자리도 대충 짐작이 갔다. 기껏해야 지점장, 그 다음은 정년을 맞는 일뿐인가 싶자 목적지로 향하는 발걸음도 무겁기만 하다.

현재 자신이 놓여있는 상황을 냉정하게 바라보자

"월급을 건넬 때마다 고맙다는 말도, 수고했다는 말도 없습니다. 그건 둘째치고, 적다는 내색조차 감추질 않아요. 견딜 수가 없습니다. 단 한번의 인생입니다. 처자를 부양하기 위해 태어난 것도 아니고, 상사의 비위나 맞추려고 태어난 것도 아니잖습니까. 이제 남의 돈만 세는 하루하루가 진저리가 납니다. 뭔가 좀

더 생산적인 일을 하고 싶어요. 시골로 내려가 소나 기르며 사는 게 더 인간적인 노동이 아닐까, 맘에 들지 않는 상사에게 사표를 내던질 수 있다면 얼마나 속이 후련할까 하는 생각에 지금은 상사에게 사표를 던지는 꿈까지 꾸죠."

그리고 그 말에 덧붙여 야마구라 씨는 시골에서 소를 기르며 사는 꿈 같은 이야기를 장황하게 늘어놓았다. 물어보니 아내에게는 한번도 이런 말을 해본 적이 없다고 한다.

말해봐야 '그래도 당신은 애들 아버지예요. 무책임한 소리 좀 작작하세요.' 라고 차갑게 내뱉든가 미친듯이 난리를 칠 게 뻔하다며 그는 고개를 내저었다.

아내의 이혼 환상에 대해 남편은 모른다. 남편의 탈 샐러리맨, 전직 환상에 대해 아내는 모른다. 하지만 만일 그들이 각자 품고 있는 환상을 서로 나눈다면, 그 환상은 안개가 걷히듯 서서히 엷어져 갈 것이다. 또한 공통 분모를 똑똑히 인식해 서로의 인생을 수정해 갈 수도 있다.

환상이라는 것은 본래 실현 불가능하다고 생각하면 할수록 더욱 부풀어 가기 마련이고, 결국에는 그 환상에 짓눌려 인생의 본 궤도를 잃어버릴 때가 종종 있다.

아내가 남편의 월급에 기대고 사는 한, 좀처럼 이혼을 실현시키기 어렵다. 그러므로 날이 갈수록 '만일 이혼할 수 있다면 이런 것도 할 수 있고, 저런 것도 할 수 있다. 그러니 분명 내 인생은 180도 바뀔 것이다.' 라는 막연한 희망이 점차 현실이 되어 이

혼을 마치 호박을 마차로 바꾸는 마법사의 지팡이로 믿게 되어
버리는 것이다.

남편들도 사정은 마찬가지다. 샐러리 맨 생활을 벗어날 수 있
다면, 직업을 바꿀 수 있다면, 공허한 회색빛 나날이 가슴 뿌듯
한 장밋빛으로 변할 것이 분명하다는 환상이 한없이 부풀어 간
다.

그리고 점차 서로를 자신의 발목을 잡고 있는 존재로 보고, 어
느덧 서로의 마음에 먼지가 쌓이듯 원망이 쌓여 냉랭한 관계로
빠져드는 부부가 결코 적지 않다.

모두가 당당히 스스로 벌어 살아가는 독립적 감각을 가지고
있다면, 이혼이든 전직이든 정말 하려고만 하면 결코 불가능한
것은 아니다. 언제든 실현 가능해지면 환상에서 풀려나 자신이
지금 놓여 있는 상황을 냉정히 바라볼 수 있지 않을까.

게이코 씨의 남편은 그녀가 일을 시작하고 탈 샐러리 맨이 단
순한 환상은 아니라는 것을 알게 되면서 오히려 진지하게 현재
의 일에 몰두하기 시작했다고 한다. 그러므로 과거형으로 말할
수 있게 되었던 것이다.

일이 단순한 의무가 아니라 인생을 선택하며 살기 위한 중요
한 수단이라는 것을 깨달은 순간, 환상에서 해방될 수도 있었다.

야마구라 씨도 지금의 상황이나 탈 샐러리 맨을 자유롭게 선
택할 권한을 가지고 있다면 침체감이나 정체감은 그 누구의 탓
도 아닌 자기 자신의 인생관, 인간관의 결핍에서 비롯되는 것임

을 깨닫지 않을까.

바야흐로 인생 80년 시대, 미숙한 20대 초반의 선택이 아무런 문제없이 60년이나 지속될 리 없다. 사람은 나이를 먹으며 살아가는 동안, 옳든 그르든 판단이나 사고가 변해가기 마련이다. 변하는 것이야말로 인간의 본질인 것이다.

설사 젊은 시절에는 그 선택이 옳았더라도 30대가 지나면 왠지 모르게 안 맞을 수도 있다.

40대 중반에 이르면 날씬했던 젊은 시절의 스커트나 바지가 맞지 않듯이 인생 초기의 선택이 맞지 않게 되는 것은 당연한 일이 아닐까. 인생 50년 시대라면 단념도 하겠지만 80년쯤 되면 견딜 재간이 없다. 본격적으로 다시 선택해 인생의 궤도를 수정해야 한다. 그것이 바로 인생인 것이다.

나도 지금까지 인생의 궤도를 얼마나 많이 수정해 왔는지 모른다. 남편도 몇 차례 전직을 해 왔다. 현재, 일단 두 사람 사이에 우호 관계가 성립해 있는 것은 인생의 궤도 수정을 자유롭게 할 수 있도록 서로가 인정하고 살아왔기 때문이라고도 할 수 있다.

남편과 나는 젊은 시절의 선택은 늘 잘못이 따른다는 데서부터 공동 생활을 출발시켜 왔다.

인생은 길다. 만일 부부가 평균 수명을 온전히 살 수 있다면 부부 관계는 60년의 긴 세월에 이른다. 20대의 잘못된 선택을 참고 살기에는 60년의 세월이 너무 까마득하다.

잘못이라고 깨닫는 것은 외적 조건의 변화가 적어지는 30대 중반.

이 때부터는 외적 조건의 변화를 목표로 할 것이 아니라 자력으로 인생의 풍경을 바꿀 수 있도록 노력하며 사는 것이 중요하다. 그러기 위해서 인생의 궤도를 수정할 수 있는 자유는 서로 인정하는 부부 관계를 만들어 가자. 그렇게 이야기를 한 결과, 맞벌이 공동 생활이라는 길을 선택했던 것이다.

인생의 풍경을 바꾸고 싶을 때 자력으로 바꿀 용기

일시적인 정열보다는 자신의 인생을 선택한다

결혼한 지 38년, 평탄한 길만 걸어온 것은 아니다. 이혼의 위기도 몇 번이나 넘겨왔다. 남편에게 여자가 생긴 적도 있고, 내가 남편 이외의 남자에게 마음을 빼앗겼던 적도 있었다.

남편은 집에서 너무나 게으른 모습밖에 보여주지 않았다. 하지만 밖에서 일하고 있는 남자들은 긴장감이 넘쳐 자신이 가지고 있는 최고의 매력을 발산하고 있다. 일을 가진 아내가 때로는 남편 이외의 남자에게 빠져드는 마음을 단순히 부도덕하다고 일방적으로 몰아세울 수 없는 것은 일본의 부부에게는 너무나 긴장감이 없다는 것을 너무나도 잘 알고 있기 때문이다.

이성 문제로 상담하러 오는 사람들은 30대 중반이 압도적으로 많다. 조금씩 젊음이 퇴색해 가고 있음을 몸으로 느끼기 시작하는 여자들이 젊음의 자취를 놓치지 않기 위해 허덕이기도 하고, 자신이 살아있음을 실감하기 위한 경우도 많다.

아이들 양육에 매몰시키고 있던 '여자' 의 부분을 일시에 연소시키고 싶다, 하지만 남편은 이미 애들 엄마나 주부로밖에 봐주지 않는다.

그로 인한 좌절과 절망, 또는 회피로 무작정 사랑으로 치닫는 경우가 종종 있다.

나는 다분히 그 모든 점이 뒤섞여 있었을 것이다. 엄마인 것도, 아내인 것도 잊어버리고 마치 한번도 남자를 사랑한 적 없는 여자처럼 한 남자에게 빨려 들고 있었다.

생각해 보면 사랑은 비일상적인 감정이다. 하지만 남편과 아내의 관계는 일상성의 집적 위에 성립해 있다. 서로에게 더 많이 노력하지 않으면 정열이 식는 것은 당연하다. 내가 빠져 있던 그 감정이 비일상적인 것이었음을 깨달은 것은 시부야의 북적이는 인파 속에서 가족을 동반한 그 남자의 모습을 우연히 보게 되었을 때였다.

내 마음을 매료시켰던 그 눈부신 광채가 그의 얼굴에서 사라져 있었다. 가족과 함께 있는 그의 얼굴은 완전히 지친 표정이었다. 지금 나는 그의 연인이다. 그러므로 남자도 모든 정열을 다

쏟아붓고 있지만, 막상 결혼해서 아내가 된 경우는 지금처럼 축 늘어진 고무줄 같은 표정을 보일 것이 분명하다.

그와 나눈 대화를 이리저리 떠올려 보았다. 인간관, 인생관은 남편 쪽이 훨씬 낫다. 순간적인 정열에 빠져 유리와 다이아몬드를 혼동하는 일이 있어서는 안 된다.

나는 내가 가꿔온 인생을 소중히 생각하고 있었고, 어떤 인생을 살겠다는 대강의 인생 설계도 완성되어 있었다. 그 인생을 일시적인 정열과 쉽게 맞바꿀 수는 없다. 말하자면 쏘아올린 불꽃 같은 정열이 아닌, 묵직한 내 자신의 인생을 이 때 나는 선택했던 것이다.

하지만 이것은 이성의 문제고, 감정은 다른 차원의 일이다. 빨려 들어가는 감정을 어르고 달래는 데 얼마나 많은 세월이 필요했던가. 눈물로 베개를 적신 밤도 있다. 짐승처럼 복받쳐 오르는 신음 소리를 억누르기 위해 얼마나 많이 애를 썼던가. 그리고 피가 배나올 만큼 입술을 깨물어 가며 필사적으로 원고지에 매달려 글을 써왔다.

이렇게 완성된 것이 〈사랑하면 고독하다〉였다. 아직도 부부 관계의 초라함이 두드러진 일본에서는 공감을 갖는 여자들이 많기 때문인지 이 책은 문예춘추의 문고본이 된 지금도 조용히 팔려 나가고 있다.

이성 문제로 고민하는 여자들에게 나는 내 자신의 체험을 있는 그대로 들려주고 있다. 정열적으로 이성을 사랑하는 것은 멋

진 일이다. 그러므로 동경도 하고 인생을 파탄내는 사태도 일어
날 수 있다.

　하지만 무엇보다도 멋진 일은 자신의 인생을 가꾸고 자신의
인생을 살아가는 것이다. 때로는 내 인생보다 더 좋은 남자는 없
다고, 허세를 부려보기도 한다.

　힘든 이별의 시간을 겪으며 긴 세월을 살아온 나는 지금껏 이
말을 실감하며 살아왔다.

　만일 남편과 헤어져 그 사람과 결혼을 않고 살아도 좋고 남편
곁에 있어도 좋은, 선택의 자유를 가질 수 있는 경제력이 없었다
면 조급증이 더해져 오로지 파멸의 길로 치달았을 것이다.

　그리고 만일 글을 쓰는 자기 표현의 수단을 갖고 있지 않았다
면 이성으로 감정을 비틀어 누를 수는 없었을 것이다.

결과의 책임은 모두 자신의 몫

　남편 이외의 사람을 사랑한 데 대해 후회하는 마음은 조금도
없다. 그 때 무슨 일에도 주눅들지 않고 결과의 책임은 내가 진
다는 각오 아래 그 남자를 사랑할 수 있었기 때문에, 정열을 글
로 승화시킬 수 있었다.

　하지만 남편 이외의 사람을 사랑하는 데는 엄연한 책임 문제
가 따른다. 남편에게 알려져 이혼당하면 어쩌나 두려워하고 눈

치나 살핀다든가 찔찔 짜면서 남편에게 고백하고 남편의 사랑을 확인하려고 하는 것은 너무 비열하고 유치한 짓이다. 아무리 결과가 비참할지라도 그 모든 것을 본인의 가슴속에 묻어두고 의연히 살아간다. 이것이 남편에 대한 최소한의 예의 아닐까.

남편 이외의 사람과 사랑에 빠져 고민하다 우리 집을 찾아온 여자들에게 나는 자기 표현 수단을 익히도록 권하고 있다. 서예도 좋고, 그림도 좋다. 한 가지 일에만 몰두할 수 있는 습관을 들이다 보면 지루하게만 느껴지던 인생의 풍경이 점차 변하기 시작할 것이다. 또한 인생에 맛을 들이다보면 어느새 끓어오르던 남자에 대한 정열도 식어 버린다.

혼비 사쓰키 씨도 그러한 경우의 한 사람이었다. 아이는 1남 1녀, 남편은 어느 전기회사의 기술자로 한 달의 반은 지방 공장에 출장을 간다. 부부의 대화는 없는 거나 같았다. 이따금 찬바람이 몸을 훑고 지나간다.

그러던 어느 날, 우연히 상점가에서 고교 시절 은근히 마음에 두었던 반 친구를 만났다. 역전의 커피숍에서 차를 마시며 시간 가는 줄 모르고 애기를 나눴고, 그 일을 계기로 그녀의 마음은 일시에 그에게로 기울어 갔다. 상대도 마침 인생의 침체기에 있었던 탓인지 누구보다 그녀의 마음을 푸근히 감싸주었다.

시간이 되는대로 두 사람은 계속 만났다. 하지만 이쪽에도 가족이 있는 것처럼 그에게도 처자가 있었다. 장애가 있기에 정열도 그만큼 타올랐으리라. 두 사람의 관계는 그렇게 1년쯤 지속되었다.

이른바 불모의 사랑인 것이다. 언제까지 끌고 갈 관계가 아니라는 것은 잘 알고 있었다. 그러나 헤어진 뒤의 허전함을 생각하면 끊어버릴 용기가 나지 않는다. 끝내 버리자, 아니 끝낼 수는 없다……. 이렇게 수없이 제자리를 맴돌던 끝에 결국 나를 찾아왔던 것이다.

그런 그녀가 시작한 것은 천 짜기였다. 때마침 부근에 그 강좌가 있었다. 집에 큼지막한 직물 기계를 설치하자 지금까지 텅 빈 듯했던 집 안이 다소 여유로운 분위기를 띠기 시작했다. 틈만 나면 기계 앞에 앉아 자신의 마음을 실로 봉하기라도 하듯 조용히 천을 짜나갔다.

색색가지 머플러나 식탁용 깔개가 수없이 완성되어 갔다. 하나를 마무리할 때마다 인생이 풍요로워지는 느낌이 들었다. 가슴 뿌듯함이 공허한 자리를 메워나가기 시작했다. 시간도 빨리 지나갔다.

그 사람에게 마음이 기울었던 것은 사랑이 아니라 공허함을 메우기 위해서였던 것이다. 대상은 그가 아니라도 좋았다. 그런 생각이 들 때쯤에는 열병도 진정되어 있었다고 한다.

3년이 지난 지금, 그녀는 외국의 직물 견학 투어에도 참가하고 조금씩 상품이 될 만한 것들을 만들기 시작하고 있다. 이렇듯 인생의 풍경은 시시각각 변하고 있다.

"만일 연애로 내 인생을 바꾸려 했다면 아마도 끊임없이 남자를 갈아치워야 했겠죠. 그랬다면 아마도 자괴감에 빠지고 말았을 거예요. 그래도 그를 만난 덕에 혼자 힘으로 인생의 변화를 줄 방법을 찾을 수 있었던 것 같아요. 그 사람과의 추억은 앞으로도 마음속에 소중히 간직해 둘 겁니다."

그녀는 자신이 만든 머플러를 내게 건네주며, 지금은 남편의 조끼를 짜고 있다고 얼굴을 살짝 붉히며 말했다. 또한 자신의 마음이 충만해지자 남편에게도 진실로 따뜻해질 수 있더라는 말을 덧붙였다.

사람은 때때로 뒤늦게 이 사람이다 싶은 사람을 만나는 수도 있다. 그것은 남편도 아내도 마찬가지일 것이다.

그러므로 인생 80년 시대의 부부는 인생의 궤도를 수정할 수 있도록 서로의 자유를 빼앗지 않는 독립적 감각을 가져야 할 필요가 있다.

혼자 살 수 있는 사람은 둘이서도 살 수 있다

부부라도 인격은 별개

딸아이의 결혼을 그토록 야단스럽게 제지했던 것이 부끄러워질 만큼 현재는 그들 부부의 관계를 황홀하게 지켜보고 있다.

아즈사는 종합병원의 내과 병동에 근무하는 간호사이다. 간호사의 업무는 놀랄 만큼 과도하다. 최근 1, 2년간 간호사 하나가 떠맡는 환자의 수가 부쩍 늘어나 주간 근무, 준(準) 야근, 야근의 반복으로 18일간 단 하루도 쉴 틈이 없었다고 한다. 덕분에 체중은 4킬로그램이나 줄고, 거기다 위궤양까지 걸리고 말았다.

정말로 남편에게 가사 능력이 없다면 맞벌이를 해나갈 수가 없다. 그로 인해 젊은 간호사들이 점점 병원을 떠나고 있지만, 떠난 뒤의 보충은 없다. 이런 상태라면 엄마인 나를 닮아 태평한 딸애도 위궤양에 걸릴 수밖에 없었으리라.

언젠가 우리 딸은 환자로부터 프로포즈를 받았었다. 본인도 그렇지만 병문안 온 부친이 딸애에게 홀딱 반했다고 한다. 그분은 60대 후반으로 1년 전에 아내와 사별했고, 대단한 부자라고 한다.

"어머, 그거 봉 잡는 일 아니니. 한번 해보지 그래?"

나는 그 말을 듣고, 딸애를 한껏 놀렸다.

"봉 잡는 얘기요? 벌써 거절했는 걸요. 아버지가 아들 대신 끈덕지게 설득하던 끝에 '유능한 간호사가 며느리로 들어오면 내 노후 걱정은 없을 텐데.' 라고 하더군요. 그래서 말씀 드렸죠. 간호사 같은 뛰어난 사회적 전문직을 사유물로 만들 생각은 버리시라구요."

"잘 했다!"

기분이 좋아진 나는 깔깔대고 웃어댔다.

다른 간호사들도 제법 프로포즈를 받는데 어찌된 일인지 본인보다도 부모 쪽이 더 적극적이라고 한다.

여하튼 아즈사는 요즘의 남자들이 맞벌이 아내의 발목을 잡는 경우가 드물다는 것을 알고 있었고, 그만큼 힘든 사회적 전문직을 사물화시키려는 구세대의 발상에 벌컥 화를 내고 말았던 것이다.

하지만 역시 시대와 더불어 좋게 변하는 남자도 있다.

딸아이에게 '엄마의 좁은 체험 속에서 만들어낸 남성관을 강요하지 마세요.' 라는 꽤나 독한 소리를 듣기도 했지만 놀랍게도 그런 딸아이가 선택한 사람은 더할 수 없이 독립적 감각이 체질화된 사람이었다.

엔지니어인 그는 딸아이와 고교 동창생이다. 그들은 결혼 후에도 독신 시절의 성(姓)을 그대로 부르고 있다. 나 역시 호적상으로는 미야코 데루코지만, 그 외에는 모두 옛날 성인 요시타케 데루코를 계속 사용하고 있다. 문패에도 '미야코 쇼지, 요시타케 데루코' 라는 두 사람의 이름이 나란히 적혀 있다. 내가 옛날 성을 고집하는 것은 부부라도 인격은 별개라는 확인을 하면서 살아가고 싶기 때문이다.

독립적 감각을 가진 부부가 되길 원하는 상담자에게 우선 권하는 것은 남편과 아내가 동성(同姓)이라도 좋으니까, 부부의 성과 이름을 나란히 쓴 문패를 다는 것이다. 아내도 성과 이름을 정확히 적어 현관을 드나들 때마다 보게 되면 어느새 자기도 모르게 인격은 별개라는 말을 실감할 것이다.

다음에는 연하장 역시 손으로 쓰더라도 아내만의 것을 보내도록 권하고 있다. 남편의 연하장에 박힌 이름 옆에 데루코라고 조그맣게 덧붙여 놓으면 아무개 씨의 아내라는 '~의' 자가 붙은 여자가 돼버리기 때문이다.

부부의 공통된 친구일 때도 연하장은 반드시 따로 보낸다. 편지의 경우는 따로 보내기가 귀찮아 한 통으로 끝내 버리지만, 받는 사람의 이름만큼은 부부의 성과 이름을 정확히 써넣는 습관을 들인다. 이쪽이 그렇게 하면 상대방도 그렇게 나란히 써서 답장을 보낸다.

독립적 감각의 부부 관계를 유지한다

딸 내외는 철저히 서로의 성을 부르고 있다. 게다가 사위는 '아들이 일하는 며느리의 발목을 잡지 않게 하기 위해 집안 일부터 모든 걸 스스로 하도록 가르쳤습니다.' 라는 사부인의 당당한 말대로 완벽하게 자립한 남자였다. 결혼 전까지 만 3년을 혼자 살았다고 한다.

어느 일요일 저녁, 주간 근무를 마친 딸애가 오토바이를 타고 우리 집에 놀러왔다. 그 아이는 1200cc 대형 오토바이를 타고 다니는 몇 안 되는 여자 중의 하나다.

남편이 집에 없어 친정에 저녁 먹으로 온 줄 알았더니 그게 아니었다.

"글쎄, 그 사람이 '맛있게 저녁 준비 해놓을 테니 그 동안 친정에서 놀고 와. 야근, 주근으로 많이 피곤할 거야.' 라면서 쫓아내잖아."

딸아이는 기쁜 듯이 말했다.

엔지니어인 사위가 시간적으로는 훨씬 여유가 있다. 그 시간을 살려 '주부(主夫)'가 돼주기도 했던 것이다.

"결혼하니까, 너무 편해진 거 같애."

이 때는 딸애도 진지한 어조로 말했다. 분명히 4년간 혼자 살았을 때는 집안 일을 혼자 해왔다. 집세나 생활비 역시 전부 자기 몫. 하지만 결혼 후에는 생활비와 집세뿐 아니라, 가사 노동도 남편과 절반으로 나누게 되었으니, '결혼하니까, 너무 편해진 거 같애.' 라는 그 애의 말은 진심일 것이다. 그렇다면 그 애만 덕을 보는 것은 아닐까 싶어 사위에게 살짝 물어보았더니 역시 결혼해서 편해졌다고 한다.

"첫째는, 가사 노동이 3분의 1쯤 줄었죠. 둘째, 지출은 모두 절반이니 당연히 2분의 1쯤 여유가 생겼죠. 셋째, 둘이서 버니까 인간성을 버릴 만큼 일에 안달하지 않아도 되죠. 넷째는, 혼자 사는 것보다 둘이 사는 게 재밌으니까 심리적으로도 편해졌죠. 다섯째, 1 더하기 1은 2니까 모든 가능성이 두 배가 되었죠."

사위는 엔지니어답게 정확히 번호를 매겨가며 논리적으로 '편해진' 이유를 열거했다. 덕분에 쉽게 수긍을 하고 마음을 놓게 되었다.

그들은 정말 혼자 살 수 있는 사람들끼리 서로 돕고 사는 전형적인 독립적 감각의 부부라 할 수 있다. 사이가 좋지만 몸과 마음 모두 상대에게 기대고 있는 부분이 전혀 없다.

딸의 직업상 서로 엇갈릴 때가 많지만, 혼자 있어도 재미있고 둘이 함께 있는 것도 재미있다고 생각하는 사람들이라 그 양쪽의 재미를 만끽할 수 있는 현재의 삶에 완전히 만족하고 있는 모습이 역력했다.

이러한 독립적 감각을 가진 부부의 다정한 모습을 볼 때마다 아내가 가진 인간으로서의 가능성을 짓누르지 않는 남자로 키워준 그 어머니에게 진심으로 감사하게 된다.

부부 관계에서 따뜻함을 느낄 수 없는 일본의 어머니들은 무의식중에 아들을 정신적인 남편이나 연인 대신으로 돌봐왔기 때문일까. 그 아들이 자라 집안 일에 대해서는 완전히 무능하고, 아내를 시중꾼 정도로 여기는 남자가 되어버리고 마는 것이다. 때문에 조기 이혼에 몰린 아들 문제로 상담하러 오는 경우가 최근 4, 5년간 부쩍 늘어나고 있다.

사돈 내외는 다분히 원만한 부부로 살아왔을 것이다. 자립할 능력이 되면 독립시킬 생각으로 어릴 때부터 아들에게 스스로 알아서 하도록 가르쳐 왔다고 한다. 그리고 아들이 사회인이 되어 혼자 살기 시작한 뒤에는 모든 것을 아들에게 맡겼다. 때때로 아파트에 찾아가 청소나 세탁을 해준다거나 먹을 것을 만들어

준 적도 한번 없었다. 하물며 금전적인 도움이야 말할 것도 없다고 한다.

그 점에서는 나도 마찬가지다. 자랑은 아니지만 딸애가 혼자 살던 아파트에는 한번도 간 적이 없다. 딸에게 집착이 강한 내가 한번 드나들기 시작하면 끝까지 거기서 벗어나지 못할 위험이 있었기 때문이었다.

이렇듯 말 그대로 두 사람 다 완벽하게 혼자 산 경험이 있었기에 독립적 감각의 부부 관계를 유지해 갈 수 있는 것이리라.

여자 나이 서른다섯은 부부 시대의 출발선

인생을 온전히 살기 위해

가도타 데쓰오 씨, 가도타 사에코 씨 부부도 감각은 독립적으로 살고 있다. 남편은 서른일곱, 아내는 서른여섯. 결혼한 지는 13년이 되지만 두 사람 사이에 아이는 없다.

아이가 있는 부부와 없는 부부의 부부 관계 유지를 비교할 때, 후자 쪽이 훨씬 더 에너지를 쏟고, 긴장감을 지속시켜 나간다고 한다.

'자식이 부부 관계를 더 견고하게 만든다'는 발상은 아이를 많이 낳던 인생 50년 시대의 유물. 평균 자녀수가 1.5명인 인생 80

년 시대는 자식이 부부간의 정을 잇는 역할을 하는 기간이 매우 짧다. 나머지는 아이 없는 부부처럼 둘만 사는 시대가 계속되는 것이 현대 부부의 상황이다.

가도타 부부도 신혼 당시는 아이가 있는 집을 꿈꾸고 있었다. 결혼 1년 뒤, 사에코 씨는 임신을 했다. 그러나 쇼핑을 가던 중, 아이가 타고 있던 3륜차에 발이 걸려 넘어지면서 복부에 큰 충격을 받았다. 그로 인해 임신 4개월째에 유산을 하고 의사로부터 이제 아이는 힘들다는 선고를 받고 말았다.

앞날에 대한 이런저런 고민 끝에 한때는 심각한 불면증을 앓기도 했다. 하지만 본래 생각의 전환이 빠른 이성적인 그녀는 아이 없는 인생을 그대로 받아들이고 사는 길을 진지하게 생각하기 시작했다. 남편 데쓰오 씨도 아내와 비슷한 성격의 소유자였다.

'아이를 낳아봤자 고작 둘일 텐데, 아이만 믿고 살아갈 것도 아니잖아. 어차피 부부가 서로 돕고 사는 시대니까 아이는 있어도 그만 없어도 그만이야.' 라고 말하는 남편의 표정은 그늘 한 점 없었다.

약사 면허를 가진 사에코 씨는 인근 약국에 취직했고, 2년 뒤 다시 종합 병원으로 옮겼다.

그 병원에서 사에코 씨는 정년 퇴직한 남자들의 심신이 병든 모습을 자세히 보고 듣게 되었던 것이다.

우울증이 압도적으로 많았다. 아내의 시중을 받으며 대합실에 우울한 표정으로 앉아 있는 그들의 모습 위로 남편을 떠올릴 때가 많아졌다.

아이를 낳을 수 없다는 데 대한 가책 때문이었을까, 그 때부터 사에코 씨는 마치 아이를 보살피듯 남편에게 정성을 다하고 있었다. 그녀는 남편이 편하게 일할 수 있도록 가려운 곳을 긁어주는 내조가 부부 사이를 긴밀히 이어주는 중요한 수단이라고 진심으로 믿었던 것이다.

하지만 그녀는 이러한 내조가 결과적으로는 남편을 선배 남성과 같은 상태로 만들고 있다는 것을 점차 깨닫게 되었다.

정년 퇴직 후, 우울증에 빠진 모든 선배 남성들은 가정을 아내에게만 맡기고 편안하게 일해온 일벌레들이라는 것을 아내들의 말 끝에서 항상 엿볼 수 있었던 것이다.

"이렇게 정년 후의 인생이 길 줄은 몰랐어요. 미리 알았더라면 남편과의 관계를 바꿔보려고 노력했을 텐데……. 남자들도 참 안 됐어요. 정년 퇴직하고 나면 가정이든 동네든 어디 갈 곳조차 없으니……."

말끝을 흐리는 아내들의 이야기를 들은 그날 밤, 사에코 씨는 남편에게 병원에서 들었던 정년 퇴직 후 남자들의 파탄난 인생을 그대로 들려주었다. 남편은 말없이 귀를 기울이고 있다가 사에코 씨가 말을 마치자 '인생을 온전히 살지 않으면 살아온 보람이 없겠지.' 라고 한 마디 툭 던졌다.

그 날 이후로 '인생을 온전히 산다는 게 무엇일까' 가 그들 대

화의 주제가 되었다. 아내, 남편에 대해서가 아니라 인간이 주제
가 된 이야기를 나눠가는 동안 두 사람 사이에는 점차 인간에 대
한 대화를 나눌 수 있는 토대가 갖춰져 갔던 것이다.

여자 나이 서른다섯은 부부 시대의 출발선

'인간이라면 자신의 생명을 스스로 영위해 나갈 수 있어야 한
다.' 라는 결론을 내린 날부터 남편은 조금씩 자신의 일을 스스로
해나가기 시작했다.

오랫동안 어머니나 아내에게 의지해 살아온 그의 손놀림이나
몸 동작은 불안하고 서툴렀지만, 사에코 씨는 끈기있게 참아 주
었다. 모든 것이 습관들이기 나름인지라 2년도 지나지 않아 그의
손놀림은 놀랄만큼 매끄러워졌다. 그리고는 마침내 세탁과 요리
로까지 가사 참여 부분을 넓혀갔다.

처음 얼마간은 빨래 헹구는 시간이 짧아 다 마른 옷에서 세제
냄새가 풀풀 나기도 했다. 뭐라고 설명하기 힘든 기묘한 맛의 음
식을 먹어야 했던 적도 있다. 설거지한 접시에 기름 자국이 그대
로 남아 있기도 했다. 소중히 다루던 식기 여기저기에 이가 빠지
기도 했다. 하지만 사에코 씨는 시종일관 구경꾼의 입장에서 성
원과 박수를 아끼지 않았다.

둘이 함께 인생의 즐거움을 탐욕스럽게 파고들었다. 분라쿠

(설화 인형극), 가부키, 신극, 오페라……. 처음 접하는 분야가 많았지만 제각기 독특한 매력이 있어 한번 발을 들여 넣기가 무섭게 부지런히 따라다녔다.

아무리 그래도 부부는 타인. 남편이 좋아해도 아내 마음에 들지 않는 것도 있다. 또한 아내는 마음에 들어도 남편에게는 지루하기만 한 것도 있다. 이런 때는 서로가 강요하지 않고 부부가 따로 즐기는 개별 행동을 했다고 한다.

홈 파티도 해마다 대여섯 번 연다. 파티라고 해서 특별난 것이 아니라 양쪽 친구를 7, 8명 정도 초대하는 조촐한 행사다. 부부 사이에 다른 사람이 끼어들면 남의 시선을 통해 서로 긴장한다. 타인의 존재가 없고서는 부부 사이에 긴장을 유지하기가 어렵다는 게 그들 부부의 주장이다.

"부부 사이가 좋다고 하면 곧바로 착 달라붙어 있는 모습을 떠올리기 쉽지만 그런 폐쇄적인 관계는 아무래도 숨이 막히고 왠지 서로가 지겨워지기 십상이죠. 오히려 적당한 거리를 두고 그 사이에 다른 사람을 자꾸 들어오게 해야 긴장이나 신선감을 유지할 수 있다고 봐요. 적어도 우리들 경우는 그렇습니다. 홈 파티를 열 때는 부부가 모두 주인이 되잖아요. 그러니 이 날 둘 사이가 서먹하면 초대받은 분들도 어색해하죠. 그러니까 전날 밤에 다소 언쟁을 했더라도 사람들에게 조금이라도 폐가 되지 않도록 남편이나 아내나 서로 자제를 하는 만큼 긴장을 하게 됩니다. 그리고 또 하나, 타인의 시선을 통해 남편을 보면 아주 신선하게 느껴지거든요. '아니, 저이가 저렇게 말솜씨가 좋았었나', '어머, 제법 괜찮은 남잔데' 하고 말이죠. 남편의 경우도 그런 식으로 저에 대해 다시 보게 되는 면이 있지 않을까 싶어요. 인간은 대체로 타인에게 좋은 면을 보이려고 끝없이 노력하잖아요. 그러니까 전혀 색다른 면이 나온다고 생각해요 부부도 이런 색다른 순간이 없으면 서로의 결점만 눈에 띄게 되겠죠. 남편과 아내에게 있어 타인의 존재는 필수라는 걸 최근에 문득 느끼게 됐어요."

가도타 부부가 독립적 감각을 키워 가는 데는 그럭저럭 10년의 세월이 필요했다. 독립적인 감각은 노력만 아끼지 않는다면 후천적으로 키워갈 수 있다는 것을 그들이 멋지게 입증해 주고 있는 것이다.

여자 나이 서른다섯은 부부 시대의 출발선. 남편과 아내가 인생을 온전히 사는 파트너로 함께할 수 있다면 인생 80년 시대의 하루하루와 각자의 인생의 색채는 더없이 풍요로워질 것이다.

유 인 경

동덕여자대학교를 졸업했다.
현재 전문 번역가로 활동하고 있으며
「흐트러진 아름다움을 사랑한다는 것은」, 「어느 결혼의 초상」,
「공포의 악녀들」, 「멋지게 사과하는 방법 80가지」,
「중요한 사람을 만나기 30초 전에 읽는 책」 등
다수의 번역서가 있다.

탐욕으로 자신을 키워라

초판 인쇄 | 2001년 12월 15일
초판 발행 | 2001년 12월 20일

지은이 | 요시타케 데루코
옮긴이 | 유인경
펴낸이 | 한익수
펴낸곳 | 도서출판 큰나무
편집 · 교정 | 성효영 · 심은정
관리 · 마케팅 | 한성호 · 남호근 · 조은정

등록 | 1993년 11월 30일(제5-396호)
주소 | 120-837 서울특별시 서대문구 충정로 3가 3-95 2층
전화 | 02) 365-1845 · 1846   팩스 | 02) 365-1847
E-MAIL | btreepub@chollian.net
홈페이지 | www.bigtreepub.co.kr

값 7,500원

ISBN 89-7891-127-7 03830